Tiefes Wasser

Ein Lübecker Bucht Krimi

Band 3

von

Walter M. Dobrow

Die deutsche Nationalbibliothek verzeichnet diese Publikation

in der Deutschen Nationalbibliografie; Detaillierte

bibliografische Daten sind im Internet über http://dnb.de

abrufbar.

Copyright: Walter M. Dobrow 2019

Herstellung und Verlag BOD – Books on Demand Norderstedt

ISBN 9783750424708

Für alle die gern lesen und wissen wollen, wie es nach den

in den Büchern „Schöne Schwester Tod" , „Madonnengrab"

und „Blutrache" geschilderten Geschichten mit Ellen Hamann

und Rolf Riedel weiter geht…

Tiefes Wasser

Der Schrei einer Frau… Ein gequälter Schrei, der plötzlich abbricht…

Rolf Riedels Körper reagierte damit, dass er sich anspannte bevor sein Verstand versuchte, etwas über die Ursache dieses Schreis herauszufinden. Aber er war darauf trainiert, sofort und ohne Verzögerung zu reagieren und so beugte er sich soweit er konnte über die stählerne Brüstung, denn unzweifelhaft war der Schrei von unten gekommen. Unterdrückte Stimmen zweier Männer, die sich in einer ihm fremden Sprache verständigten. Zuckendes Licht einer Taschenlampe… Nun wieder das Stöhnen einer Frau…

Seine Hände lösten sich von der Reling und er lief zur Treppe, die von Deck 5 nach unten zu Deck 4 führte. Eine schmale Treppe, denn sie war nicht für Passagiere gedacht. „Crew only" stand auf einem Schild an einer Kette, die den Zugang versperrte. Riedel überstieg die Kette und lief hinab. Er wandte sich nach rechts, dem Heck zu. Dieser Bereich diente dazu, das Schiff sicher im Hafen zu vertäuen. Große Winden, über die die armdicken Taue liefen.   Haken, an denen Werkzeuge befestigt waren und… zwei Männer, die eine sich windende, vor Schmerzen stöhnende Frauengestalt zum in die Bordwand geschnittenen Durchlass zogen, durch die normalerweise die Taue zu den Pollern liefen, wenn das Schiff im Hafen lag.

Einer der Männer lachte rau. Ein Meter noch bis zu der Stelle, wo der Körper der Frau gleich zehn Meter tiefer auf den nachtschwarzen Wellen des Mittelmeeres aufschlagen würde. Einer der beiden drehte sich um und gewahrte Riedel, der mit schnellen Schritten auf sie zu kam. Er erstarrte und rief dem Anderen eine Warnung zu, der den Arm der Frau los ließ und einen Schritt auf Riedel zu machte, wobei er die

Angriffshaltung einer asiatischen Kampfsportart einnahm. Sein Kumpan ließ die Frau ebenfalls los und sagte etwas, was Riedel nicht verstand, er aber deuten konnte, denn der zweite Mann - beides kräftige Kerle - versuchte nun Riedel zu umgehen, um ihn von der Seite anzugreifen. Die beiden waren gut trainiert und ihr Pech war, dass es Riedel war, der ihnen gegenüber stand. Mit einem Schrei, der Riedel einschüchtern sollte, stürmte der erste auf Riedel zu und wollte ihn mit einem Fußtritt treffen. Riedel kannte diese Angriffsart, trat einen schnellen Schritt zur Seite, ergriff mit beiden Händen den auf ihn zukommenden Fuß des Angreifers und verdrehte ihn, dass es knackte. Der aus dem Gleichgewicht Gebrachte, dessen Knöchel Riedel soeben gebrochen hatte, krachte schwer aufs Deck und blieb benommen liegen. Derweil hatte der andere Mann, der mit Schrecken erkannte, dass er einem trainierten Gegner gegenüberstand, ein Brecheisen aus der offenen Werkzeugkiste gerissen und schlug damit auf Riedel ein. Der konnte ausweichen… fast, denn das Ende des Eisens ratschte über seinen zur Abwehr erhoben Arm, und riss die Haut auf, so dass sofort Blut austrat und auf das Deck tropfte. Riedel stöhnte auf, was den Asiaten dazu ermutigte, erneut mit erhobener Brechstange auf ihn einzustürmen. Nun war keine Zeit mehr für Finessen. Riedel unterlief die Attacke und schmetterte die Faust seines unversehrten rechten Armes gegen den Adamsapfel des Angreifers.

Plötzlich war es zu Ende. Riedel atmete schwer und sah sich um. Der Mann mit der Brechstange war tot. Seine gebrochenen Augen starrten blicklos an die Decke. Der Mann, dessen Knöchel Riedel gebrochen hatte, fixierte ihn mit hasserfülltem Blick, war aber kampfunfähig. Die Frau hatte sich aufgerichtet und sah Riedel, der sich ihr zuwandte verwirrt an. „Sie sind verletzt…", sagte sie auf Deutsch und Riedel lächelte unwillkürlich. „Na sowas… eine Landsmännin. Sie sind auch verletzt. Diese Kerle…" Er brach ab. „Sie bluten…", sagte die Frau und Riedel wurde gewahr, wie stark Blut aus der Wunde an seinem Arm trat. Der Tote trug ein Kopftuch, nicht sehr sauber, aber Riedel streifte es ab und wand es um seinen Arm, wo es zwar sofort durchblutete, vielleicht aber die Blutung verlangsamte. Die Frau, die ein kurzärmeliges T-Shirt trug, wies an den Armen blaue Flecken auf. Sie raffte sich nun auf, konnte aber nicht sicher stehen und setzte sich unsicher auf die Werkzeugkiste. „Der 1. Offizier… Wir müssen ihn holen. Er ist sozusagen der Polizist hier. Matusek ist sein Name…" Riedel nickte. „Ich weiß." Der verletzte Mann sah aus, als wenn er noch etwas versuchen wollte und tatsächlich griff er plötzlich nach Riedels Beinen, als der an ihm vorbei zu dem Telefon gehen wollte, dass neben der Treppe an der Wand hing. Riedel reagierte blitzschnell und versetzte dem Asiaten einen Kinnhaken, der ihn ohnmächtig zu Boden sinken ließ. Die Frau starrte ihn an, aber Riedel ging zum Telefon und drückte den Rufknopf. Die Brückenwache nahm sofort ab und kurze Zeit später waren der 1.Offizier, der Schiffsarzt und sechs Männer der Besatzung da, die neben ihren eigentlichen Aufgaben die Security Truppe des Schiffes bildeten.

Sie trafen sich am Abend in einer Ecke der Anchor-Bar auf dem obersten Deck der „Atalanta Queen". Das Schiff hatte am frühen Abend in Valetta, der Hauptstadt der Insel Malta, angelegt. Dem Kapitän war es gelungen, dass die Polizei erst an Bord kam, als die Passagiere entweder schon an Land oder in den Speisesälen waren, denn er wollte um jeden Preis diese Art von Publicity vermeiden. Trotzdem hatten einige den Aufmarsch der maltesischen Sicherheitskräfte, sowie den Kranken- beziehungsweise Leichenwagen bemerkt, der die Angreifer der Frau abtransportierten. Etwas unauffälliger verlief der Abtransport sechs weiterer Verhafteter. Zwei Frauen und vier Männer, allesamt Philippinos, als die sich auch die beiden Angreifer herausgestellt hatte. Ihre Verhaftung war der Verdienst Ellen Hamanns, die im Auftrag der Seaguard-Versicherung und der Reederei eine Serie von Kabinen- Einbrüchen auf der „Atalanta Queen" und ihrem Schwesterschiff „Atalanta Sea" aufgeklärt hatte. Die Bande hatte das mitbekommen und wenn Riedel nicht eingegriffen hätte, wären sie davon gekommen, denn Ellens Verschwinden hätte eine Überführung unmöglich gemacht.

Ellen Hamann trug nun eine langärmelige Bluse, die die blauen Flecke auf ihren Armen verbarg, zu einem knielangen Rock und hatte sich „auf den Schreck" beim Bordfriseur die Haare frisch machen lassen. Ihr gegenüber saß der 1. Offizier des Schiffes Jan Matusek, gebürtiger Tscheche und Seemann seit er als Schiffsjunge auf einem Frachtschiff auf der Moldau angefangen hatte. Nun etwas über vierzig und Traum so mancher Passagierin, verheiratet oder nicht, die das Schiff betrat und des feschen schlanken Mannes in seiner strahlend weißen Uniform angesichtig wurde. Er wusste das und war deshalb etwas irritiert, dass die etwas herbe aber attraktive Detektivin, die ihm gegenüber saß so gar nicht auf seine Avancen reagierte. Ein Steward brachte ihre Drinks. Für Ellen einen Mai Tai, der verlockend garniert war, für ihn ein Mineralwasser; Er war immerhin im Dienst. Rolf Riedel betrat die Bar, sah sich suchend um und Ellen winkte. Er nickte ihr und Matusek zu und setzte sich erleichtert seufzend in den freien Cocktailsessel neben Ellen. Er hatte nicht viel Zeit gehabt sich frisch zu machen. Zuerst hatte die Behandlung seines Armes im Schiffsspital einige Zeit gedauert. Der Arzt hatte die Wunde nähen müssen. Dann kam die langwierige Vernehmung durch die Kriminalpolizei, die eigentlich darauf bestanden hatte, dass er, der Tötung des einen Angreifers wegen, mit an Land kommen sollte. Der Inspector hatte sich schließlich damit zufrieden gegeben, dass Riedel morgen ins Präsidium kommen würde, was Riedel einige Kopfschmerzen verursachte, denn sein Schützling wollte einen Landausflug machen…

„Was trinken sie?" fragte Matusek. „Ein Bier bitte, aber ein Großes. Ich bin am Verdursten", antwortete Riedel und Matusek lachte und winkte den Steward heran. Ihm als Tschechen waren „kleine" Biere ebenfalls ein Gräuel. „Danke nochmal", sagte Ellen leise, wobei sie eine Hand auf Riedels Oberschenkel legte, was Matusek sofort bemerkte. Riedel lächelte und wollte seine linke Hand auf ihre legen, aber ein stechender Schmerz ließ ihn inne halten. „Verdammt", sagte er. „Der Arzt hat doch versprochen, mir ein wirksames Mittel zu spritzen…" Ellen hatte erschrocken ihre Hand zurückgezogen. „Tut es sehr weh?" fragte sie teilnahmsvoll und er grinste. „Nur wenn ich lache…". Das Bier kam und er nahm einen langen Schluck. „Oh Verzeihung", sagte er dann als er sah, dass die anderen beiden ihm ihre Gläser zum Anstoßen hingehalten hatten. Sie lachten alle drei und es begann ein langer Abend. „Ich habe mich noch gar nicht richtig vorgestellt", sagte Ellen dann. „Ich heiße Ellen Hamann und bin von meiner Firma, der Seaguard-Versicherung, hier an Bord geschickt worden, um eine rätselhafte Serie von Kabineneinbrüchen aufzuklären, was ja nun gelungen ist." Matusek nickte „Wir wollten es nicht glauben. Unsere Mannschaft –der größte Teil davon kommt von den Philippinen - ist schon lange an Bord. Das sich diese Bande einschleichen konnte… unfassbar. Nun, Dank Frau Hamann ist nun wieder Ruhe an Bord…, aber nicht auszudenken, wenn sie nicht gewesen wären, Herr Riedel." Er zwinkerte Riedel zu. „Darf ich sie vorstellen, Herr Riedel? Rolf nickte. Eigentlich war es wichtig, dass seine wahre Identität möglichst unbemerkt blieb, damit er seinen Job ausführen konnte, andererseits war diese Frau Hamann ja eine Art „Kollegin". „Herr Riedel ist hier an Bord als Bodyguard für einen Manager der Hochfinanz. Er musste natürlich mit mir sprechen, damit er Zugang zu sensiblen Bereichen bekommen konnte, um Gefahrenquellen zu erkennen." Ellen starrte Riedel an. Ihr geschultes Polizeigedächtnis arbeitete auf Hochtouren.

„Der Anschlag auf der Travemünder Woche vor zwei Jahren…" sagte sie dann. „Ich sah ihr Foto in den „Lübecker Nachrichten". Riedel verzog schmerzhaft das Gesicht. „Ein sehr schlechtes Foto und damals fehlten noch viele Haare." Er zog sich schelmisch an den schon leicht grauen Haaren, die ihm in die Stirn fielen. Er war damals nur knapp einem Brandanschlag somalischer Terroristen entkommen, der ihn und seiner jetzigen Frau fast das Leben gekostet hätte. Matusek beugte sich vor. „Davon würde ich gern mehr hören." Er liebte spannende Geschichten über alles und das versprach eine zu werden. Riedel wies auf sein fast leeres Glas. „Aber nur, wenn Nachschub kommt…"

Riedel

Rolf Riedel nahm einen langen Schluck. „Ah, tut das gut…" Matusek nickte. „Pivo… Bier in meiner Sprache, ist nun mal der Treibstoff der Männer." Ellen lachte. „Nicht nur der Männer…", was Matusek richtig auslegte und dem Steward bedeutete, noch eine Runde zu bringen. Er sah auf die Uhr. „Ich habe seit drei Minuten Feierabend", sagte er strahlend und bald hatte er auch ein Glas Bier vor sich. „Also, Herr Riedel, was ist das für eine Geschichte mit Travemünde…", sagte er nach seinem ersten Schluck. Riedel sah auf seine Hände, sammelte kurz seine Gedanken und begann.

„Es fing alles mit einem Einsatz vor Somalia an. Sie wissen…, die Piraten." Matusek nickte. „Ich war damals als Kampfschwimmer auf der Fregatte „Lübeck". Die Kerle hatten eine Yacht gekapert und wir konnten schließlich die Geiseln, eine Frau und zwei Kinder, befreien. Zwei der Piraten, es waren drei, kamen ums Leben und der Überlebende schwor mir Blutrache, weil es sein Bruder war, den ich erstochen hatte…" Riedel starrte ins Leere. Die Erinnerung an den Moment, als er in dem engen dunklen Rumpf der Segelyacht dem jungen Somalier sein Kampfmesser ins Herz stieß, ließ ihn erschauern. „Und dann?" drängte Ellen, die gebannt zuhörte. Riedel zuckte mit den Schultern. „Wir brachten die Geiseln sicher nach Hause. Der Pirat, der Überlebende, wurde den Kenianern übergeben, konnte dann offenbar fliehen und wurde später nach Deutschland eingeschleust. Er muss die Unterstützung einer großen Organisation gehabt haben, denn er konnte sich mit einem Kumpanen als Teilnehmer an den internationalen Regatten in Travemünde ausgeben. Ich war damals in Eckernförde stationiert, wohnte aber an den Wochenenden bei meiner Freundin, übrigens die Frau, die ich vor Somalia retten konnte." Sie nahmen alle einen Schluck und Ellen dachte „Den Kerl hätte ich mir auch geschnappt und dann war sie ihm noch dankbar…" Riedel fuhr fort. „Irgendwie fand der Pirat unsere Adresse in Lübeck heraus und verübte einen Brandanschlag auf das Haus, wobei drei Menschen starben." „Ich weiß das noch…", warf Ellen ein. „Großfeuer in der Hüxstraße. Furchtbar!" „Sunny, meine Freundin, und ich, konnten uns retten, verloren aber unser gesamtes Hab und Gut", sagte Riedel. „Wir zogen nach Travemünde. Der Pirat wollte - was niemand ahnte - die Fregatte „Lübeck", die dort während der Travemünder Woche einen Besuch machte, sprengen. Wenn es gelungen wäre… Die Bundeskanzlerin und die Verteidigungsministerin wären an dem Tag dort an Bord gewesen. Eine junge Kriminalbeamtin fand das gerade noch rechtzeitig heraus und konnte das verhindern."

Die ganze Geschichte, lieber Leser, gibt es in meinem Roman „Blutrache")

„Meine ehemalige Kollegin Kreutzer…Ich hab die mit ausgebildet", sagte Ellen aufgeregt. Riedel sah sie erstaunt an. „Sie waren bei der Kriminalpolizei?" Ellen bekam einen bitteren Zug um den Mund. „Sie fragen sich, warum ich da nicht geblieben bin? Ich werde es ihnen erzählen, wenn sie wollen, aber es ist keine schöne Geschichte." Riedel prostete ihr zu. „Wir haben wohl alle unser Päckchen zu tragen… Naja", fuhr er fort. Ein Kollege und ich, wir konnten die beiden Terroristen ausschalten. Kurz darauf verließ ich die Bundeswehr und wurde, was ich heute bin. Personenschützer für die Firma eines Ex-Kameraden. Mein jetziger Klient befindet sich auf Deck 8, in der Luxus-Suite und die Frau, die bei ihm ist, ist nicht seine…" Er grinste. „Deshalb war ich -Gott sei

Dank-, hier zur rechten Zeit an der rechten Stelle." Er sah Ellen direkt an und nickte ihr zu. „Ist wohl mein Schicksal, attraktive Frauen aus den Händen von Bösewichten zu retten. Hoffentlich drehen mir die maltesischen Behörden keinen Strick daraus…" Er trank sein Glas leer. Matusek, der sich während Riedels Schilderung vorgebeugt hatte, lehnte sich nun in seinen Sessel zurück. „Sie sind ein echter Held, Herr Riedel. Was für ein Leben. Da kommt mir meines langweilig vor. Der Anwalt unserer Reederei wird sie morgen ins Präsidium begleiten. Es war eindeutig Notwehr, dass können hier alle bezeugen!" Riedel sah auf seine Fingernägel. „Bürokraten sehen das manchmal anders. Was wir in Bruchteilen von Sekunden entscheiden müssen ist für die… - Sie hätten ihn doch auch anders kampfunfähig machen können… Blablabla-" Ellen legte erneut ihre Hand auf seinen Oberschenkel. „Ich kenne das …", sagte sie mit ihrer dunklen, leicht rauen Stimme. „Eine Sekunde verändert das ganze Leben. So war es bei mir auch…" Sie brach ab und sah aus dem Fenster, worin sich aber nur die gedämpften Lichter der Bar spiegelten. Matusek war sich sicher, noch nie einen derartigen Abend mit gleich zwei so einzigartigen Menschen verbracht zu haben und wollte nun um jeden Preis die Geschichte dieser Frau hören. Ohne erst lange zu fragen bestellte er noch eine Runde Bier und Salzgebäck, prostete seinen Gästen zu und fragte dann „Würden sie uns auch etwas aus ihrem Leben erzählen?" Er sah Ellen erwartungsvoll an.

Ellen

„Ich war gern bei der Kriminalpolizei. Lübeck ist eine Stadt, in der es sich gut leben lässt, aber auch dort gibt es mehr und mehr organisierte Bandenkriminalität. Wir waren ein eingespieltes Team, ich und mein Kollege Herbie Pring…" Sie brach ab und drehte ihren Kopf zur Seite, damit die Männer nicht sahen, dass ihr plötzlich ein paar Tränen übers Gesicht liefen. „Sie müssen nicht darüber sprechen", sagte Riedel leise. Ellen schüttelte energisch den Kopf. „Doch, ich habe viel zu lange alles in mich hinein gefressen." Sie atmete tief durch, nahm einen Schluck Bier, wischte sich den Schaum von der Oberlippe und fuhr fort. „Wir hatten einen Einsatz zur Unterstützung unserer Kollegen in Scharbeutz. Das ist ein kleiner Badeort in der Lübecker Bucht", erklärte sie Matusek. „Es gab dort eine Spielhölle. Illegales Glücksspiel und wir hatten einen Hinweis aus der Szene… Es kam, nachdem wir das Lokal gestürmt hatten, zu einer Geiselnahme. Mein Kollege Pring wurde von einem durchgedrehten Ganoven mit einer Waffe am Kopf festgehalten. Wir hatten so etwas besprochen und einen Code, damit er mir das Schussfeld freimacht…"

Sie lachte bitter auf. „So weit, so gut, aber ich hab es vermasselt… Habe ihn getroffen… Er war sofort tot." Sie schwiegen. Nach einer Weile nahm Riedel ihre Hand. „Ich… ich kann das nur zu gut nachvollziehen. Auch ich hatte einen Einsatz. Er war geheim…, mit den Franzosen in Liberia. Es war dunkel und der Dschungel voller Geräusche… Dann brach die Hölle los. Eine wilde Schießerei. Auch ich schoss… und habe einen Kameraden verletzt."

„Mein Gott", sagte Matusek. „Jetzt bin ich doch froh über meinen Job."
Ellen erwiderte den Druck von Riedels Hand, wischte sich über die
Augen und fuhr fort. „Ich konnte damals nicht mehr. Ich verließ die
Polizei und nahm eine Stelle bei der Seaguard-Versicherung an. Kleine
Ermittlungen im Seglermilieu. Nichts Aufregendes. Bis zu dem Tag, an
dem ich die Ermittlung eines Brandes auf einer Yacht in Dänemark
übertragen bekam. Es war ein heimtückischer Mord. Ich konnte ihn
aufklären und…"

Sie verstummte, überlegte, ob sie die Wendung, die damals geschehen
war und die eine ihr selbst unerklärliche dunkle Seite in ihr zu Tage
treten ließ erzählen sollte, entschied sich aber dagegen und beließ es
dabei. „Dann hatte ich noch einen großen Fall, bei dem es um die
Wiederbeschaffung eines Kunstschatzes, einer silbernen Madonna aus
dem Mittelalter ging…" Riedel starrte sie an. „Damit hatten sie zu tun?
Das habe ich damals im „Nord-Magazin" gesehen. Der
Hubschrauberzusammenstoß mit der Windkraftanlage… Dieses irre
Foto mit der nach oben gereckten Hand der Madonna. Das einzige, das
nicht geschmolzen war…" Ellen nickte. Verschwieg auch diesmal, das sie
persönlich betroffen gewesen war, denn der Mann, den sie geliebt
hatte, war dabei umgekommen.

(Liebe Leser. Auch hier der Hinweis auf die vollständigen Geschichten.
„Schöne Schwester Tod" und „Madonnengrab" sind meine beiden
Romane, die ihnen die vollständigen Hintergründe liefern)

Ellen schüttelte kurz den Kopf, wobei ihre kastanienroten halslangen Haare flogen...

„Ich dachte nicht, dass ich nach der Geschichte überhaupt noch einen Job hatte, denn mein Vorgesetzter nahm mir persönlich den Verlust der Madonna übel. Ich war deshalb froh, dann doch noch den Job hier an Bord zu bekommen. Die Bande war sehr geschickt. Zwei Zimmermädchen, die dazu gehörten, spionierten die lukrativen Kabinen aus und stellten jeweils ihre Generalschlüssel zur Verfügung. Der Rest der Bande, teils als Küchen- teils als Decksmannschaft eingeschleust, erledigte den Rest. Besonders der Abtransport der Beute war raffiniert. Sie verstauten Schmuck, Bargeld und was sie sonst noch erbeutet hatten im Gepäck abreisender Passagiere, das einer der Kerle, dessen Job das war, aus den Kabinen abholte. Die Passagiere gingen mit ihren Koffern durch den Zoll. Ein anderes Bandenmitglied, mit dem Transport des Gepäcks zu den jeweiligen Flughäfen beauftragt, ließ die markierten Koffer dann auf Nimmerwiedersehen verschwinden..."

Matusek nickte. „Wir haben das Verfahren sofort geändert. Örtliche Speditionen befördern jetzt das Gepäck. Wir haben ihnen viel zu verdanken, Frau Hamann. Nicht auszudenken, wenn es diesen Schurken gelungen wäre sie..." Er verstummte. „Noch einen Drink?" fragte er dann. „Nein danke." sagte Ellen. „Ich bin todmüde." Auch Riedel stand auf. „Ich werde auch zu Bett gehen. Morgen wartet dieser Stress mit der Polizei auf mich und mein Klient möchte eine Tour machen, die ich absichern muss." „Dann wünsche ich eine gute Nacht", verabschiedete sich der 1.Offizier und ging.

Ellen und Riedel gingen zusammen zu den Fahrstühlen. „Mein Job hier ist zu Ende", sagte Ellen. Die Berichte schreibe ich in Lübeck und fliege deshalb morgen zurück. Plötzlich trat sie dicht an Riedel heran, nahm ihn in die Arme und küsste ihn, was er nach kurzer Überraschung erwiderte. „Kommst du mit zu mir?" fragte sie leise, aber er schob sie sacht von sich. „Ich… ich bin verheiratet. Bitte…" Sie nickte und als der Aufzug kam, stieg sie allein ein und schob ihn zurück, als er mit einsteigen wollte.

Sie weinte den ganzen Weg bis zu ihrer Kabine. Nicht seinetwegen, sondern weil die Erinnerung durch ihre Erzählung so präsent geworden war. Sie überlegte kurz, wie es gewesen wäre, wenn er auf ihr Angebot eingegangen wäre… Sie drehte das Licht in ihrer Kabine nicht an, zog sich aus und heulte sich in den Schlaf.

Sie war spät dran beim Frühstück. Ellen war früh aufgewacht und es hatte lange gedauert, bis sie im Bad mit ihrem kosmetischen Zustand zufrieden war. Dann hatte sie noch schnell gepackt, denn nach dem Frühstück wollte sie auschecken und zum Flughafen fahren. Der Rezeptionist hatte ihr einen Platz auf der Maschine der Air Malta besorgt, die am Mittag nach Hamburg fliegen würde. Sie war ein bisschen enttäuscht als sie sich im Speisesaal umschaute, Rolf Riedel aber nirgends entdecken konnte. „Schade", dachte sie. Sie hatte ziemlich viel und lange an den großen kräftigen Mann gedacht, der ihr Leben gerettet hatte. Jan Matusek, der erste Offizier der „Atalanta Queen" kam auf sie zu. „Guten Morgen Frau Hamann. Ich habe eine Nachricht für sie. Herr Riedel ist bereits mit unserem Anwalt auf dem Polizeipräsidium. Sie möchten bitte vor ihrer Abreise noch dort vorbei kommen und ihre Zeugenaussage machen." „Guten Morgen Herr

Matusek. Gibt es Probleme für Herrn Riedel?" fragte sie erschrocken. „Nein nein. Sie sollen sich bei einem Inspector…" Er kramte einen Zettel aus seiner Uniformjacke „Agnelli melden." Ellen sah auf ihre Armbanduhr. „Dann muss ich mich beeilen." Sie trank ihren Kaffee aus und erhob sich. „Auf Wiedersehen, Herr Matusek. So eine Reise muss angenehm sein, wenn man nicht gerade Verbrecher jagen soll." Er lächelte. „Es war schön, sie kennen zu lernen. Vielleicht buchen sie ja mal eine Kreuzfahrt nur so zum Spaß?"

Ellen holte ihr Gepäck aus der Kabine, vergewisserte sich nichts vergessen zu haben und begab sich an die Rezeption, wo sie auscheckte. Sie hatte nur ihren Rollkoffer, den sie bei sich behielt. Als sie das Terminalgebäude verließ, war es schon recht warm. Viele Passagiere der „Atalanta Queen" warteten in Gruppen auf ihre Ausflugsbusse und sie musste sich ein Stück weit entfernen, um ein Taxi zu erwischen. Das Polizeipräsidium war in einem sehr alten, wohl aus dem siebzehnten Jahrhundert stammenden Palazzo untergebracht und die Treppenstufen knarrten unter ihren Füssen. Sie war in den zweiten Stock gewiesen worden und konnte ihren Koffer zum Glück in Obhut der Polizisten im Eingangsbereich lassen.

Chief Inspector Agnelli war ein etwa vierzigjähriger charmanter Kriminalbeamter, der durch seine dunkle Haut, die schwarzen Haare und seinen Schnurrbart sehr mediterran wirkte. Er hörte Ellens Schilderung des Vorfalls aufmerksam an und stellte hin du wieder kurze Zwischenfragen. Ein Diktiergerät nahm alles auf und nachdem Agnelli zufrieden war, musste Ellen unangenehmerweise noch eine Stunde auf dem Flur warten, bis ihre Aussage abgetippt und unterschriftsreif war. Agnelli bat sie erneut in sein Büro. „Bitte sehr Mylady", sagte er, denn die Amtssprache ist auf Malta ja englisch. „Vielen Dank. Das wird vorerst wohl reichen. Sollte es noch Fragen geben… Wir haben ja ihre Adresse in Lübeck." Ellen unterzeichnete ihre Aussage. „Herr Riedel ist wohl nicht mehr hier?" fragte sie. „Nein, natürlich nicht. Ein wahrer Held, wenn sie mich fragen. Sie hatten Glück, dass er eingreifen konnte." Sie verabschiedeten sich und bald darauf stand sie auf der Straße nahe der Altstadt. Ein weiterer Blick auf ihre Uhr sagte ihr, dass noch Zeit für einen Kaffee wäre, nach dem sie sich sehnte. In der Nähe fand sie auf einem belebten Platz einen Tisch vor einem Cafe und bestellte Cappuchino und ein Glas Wasser. Sie entspannte sich etwas und begann ihre Umgebung zu genießen. Hunderte von Touristen aus der ganzen Welt flanierten vorbei und dann sah sie amüsiert eine der Reiseleiterinnen der „Atalanta Queen", die ein Holzschild mit einer Nummer hoch hielt, um ihre „Schäfchen" , etwas vierzig Passagiere, beisammen zu halten. „Nein, doch nichts für mich, so eine Massentour", dachte sie. Ihre Gedanken wanderten zu Rolf Riedel, den sie wirklich gern noch einmal gesehen hätte. Dann wurde es Zeit. Sie zahlte, fand am Ausgang der Altstadt ein Taxi und betrat wenig später die Abflughalle des Flughafens, wo sie zügig einchecken und durch die Kontrolle gehen konnte. Der Airbus war voll besetzt, aber sie hatte einen Fensterplatz und als sie nach dem Start hinaussah war es, als wenn der Pilot nur für sie einen Rundflug machen würde, denn er umflog fast die ganze Insel bevor er auf Kurs ging.

Rolf Riedel war schon sehr früh aufgestanden. Er hatte am Vorabend noch ein Gespräch mit seinem Schützling gehabt, der etwas ungehalten war, als er erfuhr, dass sein geplanter Ausflug sich wohl verspäten würde, aber da er mit seiner Geliebten hier war, fand er schließlich die Aussicht, etwas länger mit ihr im Bett zu bleiben nicht ohne Charme.

Rolf Riedel traf sich nach einem kurzen Frühstück mit dem Anwalt der Reederei, einem resoluten Herrn in Nadelstreifenanzug, im Polizeipräsidium. Chief Inspector Agnelli, der den Anwalt gut kannte und ein wenig zu fürchten schien, stellte seine Fragen und danach konnte Riedel seiner Wege gehen. „Es kann sein, dass sie, falls es noch Fragen gibt für den Prozess gegen den überlebenden Verbrecher hierher vorgeladen werden, Herr Riedel", sagte Agnelli abschließend.

Bald darauf standen sie auf der Straße und der Anwalt verabschiedete sich. „Alles in Ordnung, Herr Riedel", sagte der Anwalt. „Ich glaube nicht, dass ihre Anwesenheit hier erforderlich sein wird. Ich habe ja ihre Vollmacht." Er ging und Riedel sah sich nach einem Taxi um, das ihn zurück zum Schiff bringen würde. Hätte er nur fünf Minuten länger dort vor der Tür gestanden, hätte er Ellen getroffen, an die er während der Nacht viel gedacht hatte. Wenn er nun mit ihr gegangen wäre… Er verwarf den Gedanken etwas schuldbewusst an Sunny denkend, seine Frau, die in Travemünde auf ihn wartete und die ihm erst vor ein paar Minuten eine SMS geschickt hatte. ILD hatte da gestanden „Ich liebe Dich" und er seufzte.

Sein Klient und dessen Freundin hatten einen Mietwagen für ihre Inselrundfahrt geordert. Der Position des Managers angemessen ein Bentley mit einem livrierten Fahrer, neben dem Riedel Platz nahm. Er war froh, dass eigentlich niemand den Typen, der sich hinter ihm auf den ledernen Rücksitzen an seiner leicht bekleideten Begleiterin zu schaffen machte, zum Opfer erkoren hatte. Ein leichter Job, den ihm die Agentur Heisskämper da verschafft hatte. Noch drei Tage, dann war dieser Auftrag mit dem Abflug aus Genua zu Ende. Kurz nachdem sie den Hafenbereich verlassen hatten räusperte sich der Fahrer und neigte sich zu Riedel hinüber. „Ich glaube, ein Taxi folgt uns. Ich bin extra einige Umwege gefahren, aber der Wagen ist immer noch da. „Hmmm", sagte Riedel, jetzt alarmiert. „Können sie irgendwo in eine Sackgasse einbiegen?" Der Fahrer nickte und bog bald darauf nach rechts in eine schmale Gasse ein. Riedel informierte seinen Schützling über den Verfolger. „Bleiben sie auf jeden Fall im Wagen." Er wies den Fahrer an, die Türen des Bentley zu verriegeln und ließ ihn anhalten, um auszusteigen. „Fahren sie ein Stück weiter und halten sie." Der Bentley rollte an und Riedel sah das Taxi, dass soeben in die Gasse einbog. Sein Herz klopfte eine Gangart höher als sonst, weil das Adrenalin einer möglichen Auseinandersetzung ihn überflutete. Mit einem Sprung stellte er sich mitten auf die Gasse, so dass das Taxi scharf bremsen musste. Riedel wusste, dass wirklich gefährliche Leute sie nicht mit einem Taxi verfolgen würden. Auf dem Rücksitz saß ein Mann und Riedel riss die Tür auf und zog ihn an den Aufschlägen seiner Jacke aus dem Taxi, dessen Fahrer ihn aufgeregt anschrie. Der Mann in Riedels Fäusten leistete aber keine Gegenwehr. „Lassen sie mich los, ich ergebe mich…" Er sagte das auf Deutsch und Riedel sah ihn erstaunt an, ließ dann aber los. „Warum folgen sie uns?" fragte er barsch. „Sie sind der Leibwächter, stimmt´s?" fragte der Mann und schniefte. „Ich habe sie schon auf dem Schiff gesehen, aber sie haben mich wohl nicht bemerkt. Bin ich stolz drauf". Er wollte in die Tasche seiner Windjacke greifen, aber Riedel umklammerte sein Handgelenk. „Ich habe keine Waffe. Will ihnen nur meine Karte zeigen." Riedel ließ zögernd los und erhielt eine Visitenkarte überreicht. Der Fahrer, der drauf und dran war die Polizei zu rufen, sagte etwas und sein Fahrgast beruhigte ihn. „Wichmann Detektei. Privatdetektive", las er auf der Karte. „Ich bin von der Gattin ihres Klienten beauftragt seinen… kleinen Seitensprung zu dokumentieren." Riedel musste grinsen. „Eigentlich müsste ich sie jetzt irgendwie einschüchtern, Fotos wegnehmen oder sowas aber…" Er wies mit dem Daumen in Richtung des Bentley. „Der Typ ist ein Arschloch. Ich werde im erzählen, dass es ein Irrtum war. Aber folgen sie uns nicht mehr. OK?" Der Detektiv versprach es. Das Taxi wendete und Riedel schlenderte zum wartenden Bentley zurück und setzte sich in den Beifahrersitz. „Was war das denn…" drängte der Manager zu wissen. „Ein Irrtum. Ein hiesiger Papagallo, der den Wagen hier kennt und hoffte einen Filmstar oder sowas vor die Kamera zu kriegen." „Ach so", sagte der Manager beruhigt. Fahren sie weiter."

Der Fahrer und Tourguide gab sich große Mühe, seine Gäste auf diese und jene Sehenswürdigkeit aufmerksam zu machen, gab es aber bald auf, als er das offenkundige Desinteresse seines Auftraggebers bemerkte. Sein oppulentes Trinkgeld verdiente er sich damit, ein versteckt in den Bergen liegendes exquisites Restaurant anzusteuern, auf dessen Parkplatz er und Riedel in der Sonne warteten und als der Manager mit seiner Freundin endlich herauskam, war das Paar so beschwipst, dass Riedel die sofortige Rückfahrt zum Schiff anordnete. Dort angekommen, übernahm einer der Stewards den Transport der nicht mehr gehsicheren Gäste in ihre Luxussuite und Riedel hatte einen freien Abend und dachte an Sunny, seine Frau… und an Ellen.

Fred Kreienboom ärgerte sich. Nun hatte er Tausende ausgegeben, um in endlosen Trainerstunden den richtigen Abschlag zu erlernen und was kam dabei raus? Missmutig sah er dorthin, wo irgendwo im Gebüsch sein Golfball liegen musste. Helmut Klee grinste, wählte sorgfältig einen Schläger aus seinem Golfbag und nahm Positur ein. Ein kurzer Schwung und sein Ball flog genau dorthin, wohin er ihn haben wollte. „Tja, Alter", wandte er sich an Fred. „Der eine hat`s, der andere nicht..." Fred konnte diese Art der Frotzelei nicht leiden, heute schon gar nicht. Nicht an seinem Geburtstag. Sechsundvierzig wurde er heute. Fred Kreienboom konnte eigentlich recht zufrieden sein mit sich und dem, was er erreicht hatte. Er leitete eine Firma, die weltweit ziemlich konkurrenzlos war. Spezielle Teile für Getriebe, die aus einer sorgfältig geheim gehaltenen Legierung bestanden und die in der Luft und Raumfahrt so gut wie in jedem Triebwerk verbaut waren. Eine Villa nahe des Hemmelsdorfer Sees mit einzigartigem Ausblick, eine Zwanzig Meter-Motoryacht in Travemünde und natürlich die „Kondor" seine Passion und Freude. Eine speziell für ihn gebaute zwölf Meter Segelyacht, mit der er an der kommenden Einhand-Transatlantik Regatta teilnehmen und, wie er hoffte, gewinnen würde. Sein Handy schrillte. „Mann, kannst du das nicht wenigstens hier mal ausschalten?" maulte Helmut. Helmut Klee war Gastronom, oder wie er es ausdrückte, Kneipier. Ihm gehörten rund um die Bucht und in Lübeck eine Vielzahl von Bars, Restaurants und Cafes von „Verrucht" bis Schickimicki und war von ihrer gemeinsamen Jugend in Timmendorfer Strand an Freds bester Freund. Fred, immer noch sauer seines verpatzten Abschlags wegen, knurrte nur böse und fischte sein Handy aus der Tasche. „Vera...", sagte er, nachdem er auf dem Display gesehen hatte, wer ihn hier zu stören wagte. Er drückte das Gespräch weg und schaltete das Gerät aus. Helmut musterte ihn. „Du müsstest jetzt mal dein Gesicht sehen. Läuft nicht so gut bei euch, was?" Fred stopfte seinen Schläger in die Golftasche. Eigentlich wollte er nicht über Vera reden, auch nicht mit Helmut aber dann stieß er doch hervor „Nein, läuft nicht…"

Er hatte Vera, Veronika Horstmann, während seines Maschinenbau-Studiums in Karlsruhe kennen gelernt. Die einzige Tochter des bekannten Industriellen Fritz Horstmann, der mit seinen Patenten im Bereich der Feinmechanik locker sein Büro hätte tapezieren können. Vera kam mehr nach ihrer Mutter, die den schönen Dingen des Lebens, inklusive diverser Liebhaber, nachhing. Vera studierte mehr oder weniger halbherzig Kunst und Malerei und Fritz Horstmann liebte sie abgöttisch, auch wenn er sich insgeheim einen Sohn gewünscht hätte, der seine technischen Begabungen geerbt hätte… Nun ja, man konnte eben nicht alles haben. Umso erfreuter war er gewesen, als sie ihm eines Tages einen jungen Mann vorstellte –Fred Kreienboom-, der Maschinenbau studierte und all das darstellte, was er sich von diesem nicht vorhandenen Sohn gewünscht hatte. Fred, der sehr wohl gewusst hatte, wessen Tochter Vera war, hatte sich sehr schnell in die Rolle des Kronprinzen in Horstmanns Firma geboxt. Eine Traumhochzeit in Horstmanns Villa, mit erlesenen Gästen aus Politik und Industrie und als Schlagsahne darauf die Stars und Sternchen des Showgeschäfts , mit denen Astrid Horstmann, Veras Mutter, und Vera selbst freundschaftlichen Kontakt hatten…

Freds Eltern, die in relativ einfachen Verhältnissen in Timmendorf wohnten und ihrem Sohn mühsam und unter Entbehrungen sein Studium im fernen Karlsruhe finanziert hatten, waren da nur Statisten und froh, nach Ende der Feierlichkeiten wieder abreisen zu können.

25

Fred machte seinen Abschluss mit einem exzellenten Examen und begann seine Karriere in Horstmanns Entwicklungsabteilung. Auch die anderen Abteilungen des Unternehmens durchlief er, wenn auch mehr in Praktika-Form und als Horstmanns S-Klasse Mercedes mit ihm am Steuer und seiner Frau neben sich bei schlechter Sicht und hoher Geschwindigkeit in einen LKW krachte, was ihr Leben beendete, war Belegschaft und Betriebsrat froh, einen Nachfolger auf dem Chefsessel zu haben, der die Firma weiterführen konnte. Es hatte Fred fünfzehn Jahre gekostet, die Firma so umzubauen, dass sie, anders als andere mittelständische Unternehmen, unabhängig blieben und auf Grund ihrer einzigartigen Produkte fast unbegrenzt Kredite von den Großbanken bekommen konnten. Ein leichter Herzinfarkt, wirklich nur ein leichter, zeigte ihm dann seine Grenzen auf und er begann, auf Anraten seiner Ärzte und Freunde, sich Auszeiten zu nehmen und Horizonte jenseits der Firma zu suchen. Ein Bekannter führte ihn in die Welt des Yachtsegelns ein und fortan war Fred im Sommer an der Ostsee, wo er fast jährlich sein altes Boot gegen ein noch schöneres, größeres tauschte. Seine Eltern lebten nun in der Seniorenresidenz Rosenhof in Travemünde, wo er sie gelegentlich besuchte. Vera, die dem Segeln nichts abgewinnen konnte, hatte mit ihm eine, wie sie es nannte, Sommervilla in einzigartiger Lage am Hemmelsdorfer See nahe Timmendorf gekauft und stylisch eingerichtet. Zunächst noch annähernd verliebt ineinander, entfernten sich ihre Wünsche und Forderungen an das Leben zusehends voneinander. Kinder kamen keine, was sie nicht weiter berührte... ihn auch nicht. Jeder lebte sein Leben... bis letzten Samstag, und das raubte Fred seitdem den Schlaf.

An jenem Tag war er zu ungewohnter Stunde, am frühen Nachmittag, heimgekommen, weil er wichtige Papiere vergessen hatte, die er bei einer Besprechung brauchte. Ein silberner Porsche Targa parkte in der Einfahrt und der Fahrer parkte gerade in Veras Bett… Seine Papiere lagen unglücklicherweise auf dem Nachttisch und er war, zwar innerlich kochend, aber doch ins Zimmer gegangen, hatte dem erschrockenen nackten Paar auf dem Bett ein „Lasst euch nicht stören…" zugerufen, seine Mappe geschnappt und hinausgelaufen. Nicht, das er Vera noch liebte…, das war schon seit einiger Zeit abgeflacht und er selbst hatte ja auch seinen Spaß mit den   hübschen jungen Dingern aus Helmuts Bars. Trotzdem war dies das erste Mal, dass das Unausgesprochene und gegenseitig Respektierte offensichtlich wurde und es schmerzte ihn irgendwie, dass Vera es zuhause in seiner… Nein, eigentlich war es ja ihrer Villa, tat.

Er war in die Firma gefahren, hatte sich ein Knöllchen eingefangen, weil er viel zu schnell die Brücke bei Kücknitz passierte, auf der Blitzer standen, die er genau kannte, aber heute waren seine Gedanken noch bei Vera, deren erschrocken aufgerissene Augen ihn angestarrt hatten, während sie verzweifelt die Decke über sich und den jungen Mann zu ziehen versuchte.

Er hatte sich beruhigt und am Abend hatte Helmut ihm ein Mädchen zugeführt, das Doris hieß und ihn auf andere Gedanken brachte. Die Firma hatte eine Gästewohnung in der Altstadt und die, so beschloss Fred, würde er jetzt erst einmal beziehen.

Aber diesmal war alles anders. Nicht das Vera sich in den jungen Mann verliebt hatte, aber sie hatte auch schon seit längerer Zeit das Gefühl gehabt, dass sich etwas ändern sollte in ihrem Leben. Sie bereitete das „entscheidende" Gespräch mit Fred sorgfältig vor. Sprach mit Freunden und mit ihrem Anwalt und fasste, was ihre Art war, einen Beschluss.

Sie trafen sich zum Essen in der Fischräucherei, aßen Heilbutt, tranken Chardonney und führten Smalltalk und Fred dachte bis zum Dessert, dass alles wie immer sei. Dann, nachdem sie ihre Serviette auf den Teller gelegt hatte, sah sie ihm in die Augen „Es ist vorbei, Fred", sagte sie und sie sagte das so cool, das es einen Moment dauerte, bis er überhaupt begriff, was sie gesagt hatte. „Wie bitte?" stieß er hervor. „Wir trennen uns. Es waren schöne Jahre, aber ich empfinde nichts mehr für dich und du, wenn du ehrlich bist, auch nicht für mich." Das stimmte, und trotzdem erfasste ihn eine Welle der Trauer und Bestürzung. Er knetete sich die Hände und sah durch das große Fenster auf den malerischen See hinaus, an dessen jenseitigem Ufer, von hier nicht sichtbar, ihre Villa lag. Nun wurden ihm die Implikationen bewusst, die das alles für ihn haben würde. Er besaß… praktisch nichts. Alles lief irgendwie über die Firma. Die Villa, die Autos… auch seine Boote. Auch die „Kondor". Genau genommen hatte er nicht einmal einen regulären Arbeitsvertrag, war einfach der „Chef" gewesen, weil es eben so war. Natürlich gab es einige Papiere, die ihm Prokura erteilten, was das geschäftliche anbelangte. Das hatten die Banken gefordert, aber sonst…

„Wie soll das gehen?" fragte er nach einer Weile des Schweigens. „Die Firma… Du weißt, dass das mein Leben ist und das mich da keiner, anders als im Bett…" musste er einfach hinzusetzen „ersetzen kann." Sie nickte. „Ich habe alles mit Dr. Drachte besprochen. Wir werden alles vertraglich regeln, aber ich „werde" mein Leben ändern und was das bedeutet, weiß ich selbst noch nicht genau. Vielleicht verkaufe ich die Firma und zieh nach Südfrankreich. Drachte meint, die Chinesen sind scharf auf die Firma…"

Das ließ alle Alarmglocken bei Fred schrillen. Seit mehreren Jahren schon versuchten amerikanische Investoren und seit neuestem chinesische Konzerne die kleine Firma zu schlucken, um an die Patente zur Herstellung der Getriebe zu gelangen, die seit Neuestem auch in Metalldruckverfahren hergestellt wurden. Er hatte all diese Versuche abgewehrt, denn ihm war bewusst, dass es diesen Leuten nicht um Fabrik und Mitarbeiter ging, sondern um Verfahren und Patente. Die Firma würde im Handumdrehen verschwinden und mit ihr alle rund tausend Arbeitsplätze. Seinem inklusive…

Sie stand abrupt auf und Fred sah, dass sie nun doch ihre gespielte Kühle verlor. „Ich kann jetzt nicht weiter mit dir reden", sagte sie. „Ich nehme an, du bleibst in der Stadtwohnung?" fragte sie und er nickte stumm, sich ebenfalls erhebend. „Wir reden nächste Woche weiter", sagte sie, nahm ihre Jacke und wandte sich zum gehen. „Es…. Es tut mir…" leid brachte sie nicht mehr hervor, sondern ging schnell zum Ausgang, denn Tränen schossen ihr aus den Augen und sie wollte vermeiden, so gesehen zu werden.

Fred starrte ihr nach. Sie war tatsächlich gegangen…   „Darf ich abräumen?" fragte die Kellnerin, die von ihm unbemerkt an den Tisch getreten war.   „Wie?" stammelte er. „Oh ja, aber bringen sie mir noch einen Cognac, einen doppelten". „Gern, mein Herr", antwortete sie und stapelte geschickt Teller und Besteck übereinander und Fred sah ihr nach und überlegte, ob ihr leichter Akzent eher tschechisch oder polnisch klang.

Eine wilde Freude erfasste ihn. Die „Kondor" stieß ihren scharfgeschnittenen Bug steil in die Luft und legte sich auf die Seite. Das Achterliek des Großsegels knatterte und Fred riss an der Großschot. Er sah kurz zu dem riesigen quadratischen Heck der Finnland-Fähre hinüber, deren Hecksee er soeben durchquert hatte. Die Wellen beruhigten sich schnell wieder als er hindurch war, aber die Vorfreude auf den Atlantik, der ihm solche Ritte auch ohne Zwanzigtausendtonnen-Fähre gewähren würde, stieg in ihm. In drei Monaten würde die große Transatlantikregatta in Gran Canaria starten und er würde dabei sein. „Jaaaaa!" brüllte er hinaus und ließ blitzschnell das Ruder durch seine Hände gleiten, um einem Familienboot auszuweichen, das behäbig seinen Kurs kreuzte. Er hatte in der ersten Zeit auch immer jemanden mit an Bord gehabt und er musste zugeben, dass es vielfach entspannter war, mit einer erfahrenen Crew zu segeln als allein... aber der Kick, das Erleben waren einfach das, was er wollte. Allein den Naturgewalten gegenüber stehen und bestehen...

Er ließ die „Kondor" abfallen, bis sie sich aufrichtete und nun vor dem leichten Wind auf Grömitz zu hielt, rastete mit einem Daumendruck die Selbststeueranlage ein und richtete sich auf. Die Lübecker Bucht erstreckte sich in ihrer ganzen Schönheit um ihn herum. Da es ein Wochentag war, waren jetzt, Anfang Juli, noch nicht so viele Boote unterwegs, die es fast unmöglich gemacht hätten das Boot sich auch nur kurze Zeit selbst zu überlassen. Fred stieg den steilen Niedergang hinab, der ihn in die dunkle Höhle des Rumpfes führte. Auf anderen Booten wäre es hier elegant zugegangen. Edle Hölzer hätten die weißen Plastikwände verdeckt, ein Teppich den Boden... Hier war alles kahl und funktionell. Rohr-Gestelle mit Segeltuch-Auflage stellten Koje und Stühle dar. Ein verschraubter Klapptisch, der auch der Navigation diente. Ein kardanisch aufgehängter Kocher an der Backbordseite, der mit Spiritus betrieben wurde... Fred hasste Gas an Bord und nahm in Kauf, dass Kochen mit Spiritus eben länger dauerte und Gerüche abgab. So wollte er sein Boot und nicht anders. Alles praktisch und funktionell und Vera hatte deshalb auch nie eine Tour mit ihm unternommen, jedenfalls nicht mit diesem Boot. Wenn überhaupt, war sie mit ihm auf seinen erster Yachten gesegelt, die eine Luxus-Ausstattung aufwiesen und auf denen sie sich im Bikini in die Sonne legen konnte und schimpfte, wenn er etwas schärfer an den Wind ging und das Boot Schräglage einnahm.

Fred stellte den Teekessel auf den Kocher und entzündete die Flamme. Er vergewisserte sich, dass sie sicher brannte und öffnete dann seine Hose. Die enge Toilettenzelle im Bug ließ kaum Bewegung zu und so war es angebracht, sich schon vorher von der Kleidung zu befreien. Mit einigen kurzen Bewegungen am Pumpenhebel pumpte er den Inhalt der Schüssel ins Meer, nachdem er fertig war. Auch das hätte auf Serienbooten die Elektrik erledigt. Fred grinste, wenn er daran dachte, was seine Freunde zu der puristischen Ausstattung der „Kondor" sagten. Ausgerechnet er, der geniale Ingenieur und Erfinder technischer Wunderwerke, verweigerte sich den Annehmlichkeiten der Neuzeit. Die einzige Abteilung des Bootes, die nach den neuesten Erkenntnissen des Hightech ausgestattet war, war die Navigationsecke, wo es GPS

Empfänger, Kartenplotter, Wetterdatenschreiber, Satellitentelefon und so weiter gab. Aber der im Heck offen eingebaute Dieselmotor zum Beispiel, hatte so genauso schon vor fünfzig Jahren in Booten gearbeitet. Bewährt und beständig.

Fred goss kochendes Wasser in einen großen Becher, nahm einen Teebeutel aus der Schachtel auf dem Bord und ließ ihn baden. Mit dem Becher in der Hand stieg er nach oben und nahm seinen Platz am Ruder wieder ein. So war er glücklich. Möwen umrundeten das Boot und er prostete ihnen zu. Er zupfte kurz an der Fockschot um das Segel optimal zu trimmen, dann widmete er sich wieder der Ruhe und dem Tee. Schon früh genug würde er wieder Kurs auf Travemünde nehmen und in die Firma zurückkehren müssen, wo es im Moment ziemlich ungemütlich zuging. Zwei Lieferungen an große Luftfahrtfirmen waren in Verzug und dort drohten Konventionalstrafen. Fred hatte Sonderschichten angeordnet und war sich sicher, dass das klappen würde. Im Büro, in einem extra dafür geräumten Raum, saß ein Team externer Buchprüfer, die die Chinesen geschickt hatten. Fred bekam eine steile Falte auf der Stirn, wenn er nur daran dachte, aber Dr.Drachte, den Vera mit diesen Angelegenheiten betraut hatte, hatte das durchgesetzt.   Überhaupt hatte sich seine Stellung in der Firma seit dem Gespräch mit Vera sehr geändert. Bisher hatte nur die kaufmännische Abteilung und das Büropersonal etwas von den Vorgängen hinter den Kulissen mitbekommen, aber es gab Querverbindungen. Eine der Sekretärinnen hatte eine Beziehung mit einem Entwicklungsingenieur und der hatte sich, verlegen weil er das überhaupt ansprach, direkt an Fred gewandt, weil er sich Sorgen um seinen Job machte. Fred hatte ihn beschwichtigt, aber ganz ableugnen mochte er dem jungen Mann gegenüber seine eigene Beunruhigung nicht.

Ein Blick auf die Uhr ließ ihn seufzen. Höchste Zeit, Kurs auf Travemünde zu nehmen. Fred stellte seinen Teebecher ab, schaltete die Kursautomatik aus und wendete. Der Wind ließ nun keinen direkten Kurs mehr zu, aber Fred war das ganz recht und es dauerte über eine Stunde und unzählige Wenden, bis er das kleine grünweiße Leuchtfeuer auf der Nordermole passierte. Die „Peter Pan", eine der riesigen Fähren der TT-Linie, kam ihm in dem engen Fahrwasser entgegen, und er musste den Motor starten, um auszuweichen. Auf der Promenade liefen unzählige Menschen herum und manch einer bewunderte Fred, der gelassen die Segel wegnahm und das Boot nach dem passieren der Fähre gegenüber in den Passathafen steuerte. Gekonnt bugsierte er das Boot in die Box, legte sozusagen im Vorbeifahren die Heckleine über den Pfahl und turnte nach vorn, wo er genau im richtigen Moment auf den Steg sprang, das nun fast bewegungslose Boot abfing und die Bugleinen befestigte. Das weitere Aufklaren ging schnell und schon kurze Zeit später brachte ihn der Hafenmeister in der kleinen Barkasse des Vereins zur Promenade. Fred versagte es sich, ein Bier auf der lockenden Terrasse des Vereinshauses zu trinken und ging direkt zu seinem BMW, der gleich hinter dem Büro des Hafenmeisters parkte.

Eine halbe Stunde später betrat er das Büro und lief direkt in Dr. Drachte hinein, der mit einigen Ordnern unter dem Arm den Flur entlang kam. „Ach, gut das ich sie treffe, Herr Kreienboom", sagte der. „Wir sollten uns unterhalten." Fred nickte. „Ja natürlich, Herr Doktor. Jetzt gleich?" Drachte nickte, und folgte Fred in sein Büro. „Melanie, Kaffee bitte", rief Fred seiner Vorzimmersekretärin zu. „Oder möchten sie etwas anderes?" fragte er Drachte. „Nein, Kaffee ist ok", sagte der sportliche Mittfünfziger, der schon für Veras Vater die rechtlichen Aspekte der Firma geregelt hatte.

Melanie brachte sehr schnell das Gewünschte und servierte die Tassen und etwas Gebäck. „Danke Melanie und, ach ja, bitte keine Störungen..." Melanie nickte und schloss die Tür. Dr. Drachte trank genussvoll einen Schluck des starken Kaffees, dann begann er. „Zunächst einmal möchte ich mein...hmmm Bedauern ausdrücken, über die Entwicklung zwischen ihnen und ihrer Frau, aber das ist ja heutzutage schon fast üblich..." Er war froh, nie geheiratet zu haben und fühlte sich jetzt wieder einmal bestätigt. Fred nickte nur und Drachte fuhr fort. „Es besteht ja bereits ein gültiger Ehevertrag, der alles regelt, aber ihre Frau möchte, wozu ich ihr geraten habe, noch einiges vertraglich festschreiben. Sie werden sehen, dass auch ihre Interessen sehr großzügig berücksichtigt werden." Fred rutschte ungeduldig auf seinem Sessel herum und trank einen Schluck Kaffee. „Ich habe noch einige wichtige Termine... sie wissen, die verspäteten Lieferungen. Können wir bitte jetzt nur das Wesentliche besprechen?" Drachte nickte. „Na schön, aber wir sollten möglichst bald alles Weitere besprechen. Also, es geht ja auch um das Wohl der Firma. Ich habe einen Vertrag vorbereitet, der ihre Position arbeitsrechtlich regelt. Dafür..." Er zögerte kurz „müssten sie aber ihre persönlichen Patente an die Firma übertragen..." Fred lachte auf. „Das könnte ihnen so passen." Dr. Drachte schüttelte den Kopf. „Sie haben die nötigen Arbeiten hier in der Firma gemacht und bezahlt bekommen. Sie würden sicherlich einen Rechtsstreit verlieren, wenn es dazu käme, was bedauerlich wäre."

Fred sah aus dem Fenster. Daran hatte er überhaupt noch nicht gedacht. Seine Spritzguss-Patente… Aber billig würden sie die nicht bekommen. Er sprach es aus und Dr. Dachte lächelte. „Sie werden angemessen entschädigt. Fürs erste habe ich hier Verträge vorbereitet, die ihnen die Wohnung in Lübeck, die sie derzeit bewohnen und die Besitzrechte über ihr Boot und ihren Wagen, beides bisher in Firmenbesitz, übertragen. Über Geld reden wir, wenn wir den Rest des Abkommens regeln…" Fred dachte nur… „Wenigstens die „Kondor" gehört mir jetzt!" „Was wird mit der Firma?" fragte er und Drachte zuckte zusammen. „Die… die Gespräche mit den Interessenten laufen sehr gut." Er verschwieg, dass ein Erfolg der Verhandlungen auch davon abhing, dass die Firma vollständigen Besitz an den Patenten nachweisen konnte. Drachte gedachte nicht, dass Fred zu sagen, denn der würde den Preis enorm hochtreiben. „Die Chinesen ?" fragte Fred nach und Dr. Drachte antwortete. „Es gibt noch andere Interessenten", was im Moment gelogen war.   „Gut", sagte Fred und erhob sich. „Entschuldigung, aber ich muss jetzt unbedingt in die Werkhalle. Airbus ruft praktisch jede Stunde an und mahnt die Teile an…"   „Natürlich", sagte Dr. Drachte und erhob sich ebenfalls. „Wir könnten…sollten aber spätestens übermorgen weiter reden. Um zehn hier in ihrem Büro?" Fred nickte zerstreut. „Ja, lassen sie bitte Melanie den Termin bestätigen." Er gab Drachte die Hand und eilte davon. Melanie sah ihm verwundert nach, musste sich dann aber auf Dr. Drachte konzentrieren, der ihr den verabredeten Termin nannte, den Melanie sofort in ihren Computer eintrug. „Danke", sagte Drachte und wandte sich zum Gehen. Melanie nahm allen Mut zusammen. „Herr Dr., darf ich sie etwas fragen, ich meine… stimmt es, dass die Firma verkauft wird und…und werden wir unseren Job behalten? Ich meine, mein Freund und ich, wir wollen heiraten und ein Haus kaufen…" Dr. Drachte musterte die junge Frau, die ihn sorgenvoll anschaute. Instinktiv wollte er abwiegeln und alles herunterspielen, aber dann sah er in ihre Augen und beschloss, dass sie es verdiente, die Wahrheit zu erfahren. „Wissen sie", antwortete er vorsichtig. „Ich weiß ja, dass Gerüchte schneller sind als der Schall und…nun ja. „Diese Firma ist etwas ganz besonderes, aber das bezieht sich auf die Patente und Verfahren, die hier entwickelt werden. Die Leute, mit denen wir verhandeln sind hauptsächlich daran interessiert und Garantien für das Weiterbestehen er Firma als Ganzes… Die kann ich ihnen nicht geben. Aber wir versuchen natürlich, möglichst alle Arbeitsplätze zu erhalten." Der letzte Satz war gelogen und dazu bestimmt, ein wenig Zuversicht zu erzeugen und Melanie sog das begierig auf.   „Danke Herr Doktor", sagte sie und Drachte ging. Kaum das die Tür geschlossen war, nahm sie ihr Handy und versuchte ihren Freund, den Ingenieur Hechter zu erreichen, aber der war gerade mit Fred Kreienboom in der Werkhalle.

„Na also", stieß Fred erleichtert hervor, als ihm Werkmeister Melzer bestätigte, dass die verspäteten Metallguss-Teile verpackt waren und sich schon mit dem LKW auf dem Weg nach Finkenwerder befanden. „Gute Arbeit, Melzer. Woran hat es eigentlich gelegen?"   Hechter mischte sich ein und hielt Fred eine Handvoll einer grauen Substanz hin. „Das Rohmaterial war verunreinigt. Die ganze Lieferung, die letzte Woche aus Bulgarien kam, ist nahezu unbrauchbar. Wir versuchen, das in der Zentrifuge zu reinigen." Fred nickte. In der Anfangszeit des Metalldrucks war das eines ihrer größten Probleme gewesen und offensichtlich waren diese Probleme noch nicht ausgestanden. Er ließ etwas von dem Titanpulver durch seine Finger rieseln und Melzer sah ihn missbilligend an. Peinliche Sauberkeit herrschte hier in der Halle. „Entschuldigung", murmelte Fred und einer der Lehrlinge eilte mit Schaufel und Handfeger herbei. Fred wollte gehen, aber Melzer sprach ihn an. „Herr Kreienboom, wir haben... es gibt Gerüchte, dass die Firma verkauft wird. Stimmt das?" Fred kam es sonderbar vor, dass es nach derartig kurzer Zeit schon Gerüchte gab, aber... natürlich, die Leute hatten Angst um ihre Arbeitsstelle. „Ich will ehrlich sein, Melzer. Bis vor ein paar Tagen dachte ich, dass ich hier ewig mit ihnen allen zusammen arbeiten würde." Er zuckte mit den Schultern. „Sie wissen ja, dass die Firma eigentlich meiner Frau gehört und die hat..., nun ja, andere Pläne, was ihre und meine Zukunft angeht. Noch gibt es nichts Genaues, aber.... Ich verspreche ihnen, dass ich, sobald etwas Konkretes zu berichten ist, eine Betriebsversammlung abhalten werde." „Danke für ihre Offenheit", sagte Melzer betroffen. Neben Hechter hatten noch einige Mitarbeiter zugehört und innerhalb von zehn Minuten wusste jeder Mitarbeiter, dass es Veränderungen geben würde.

Fred konnte sich an diesem Nachmittag nicht mehr so recht konzentrieren und fuhr nach Hause. Er war schon fast in Hemmelsdorf angekommen, als ihm einfiel, dass dies nicht mehr sein Zuhause war und er wendete und fuhr nach Lübeck. Die Wohnung, nun seine Wohnung, lag in bester Altstadtlage und mit das Beste an ihr war die Tiefgarage, in der er den BMW parkte, seine Sachen herausnahm und nach Hause ging. Er duschte ausgiebig und zog sich bequeme Kleidung an, dann ging er die hundert Meter bis zu den „Hanse-Stuben", die diesen Namen wohl schon zweihundert Jahre trugen, die Helmut Klee aber nach der Übernahme kernsaniert und in Pseudo-Mittelalter-Stil renoviert hatte. Eigentlich ein Speiselokal, gab es auf einer Galerie eine gemütliche Bar, an der Fred Platz nahm. „Hallo Senta", sagte er zu der attraktiven Barfrau, die sich über den Tresen beugte, um ihm einen Kuss zu geben, wobei der Inhalt ihrer Bluse allen in der Nähe befindlichen offenkundig wurde, was sie aber nicht scherte. „Bier oder Wein?" fragte sie und er sagte „Whisky", was sie mit „Oje…" quittierte, denn nun wusste sie, wie es um seine Gemütslage stand.

Fred brauchte drei Whisky, bevor seine Stimmungslage sich besserte. Senta hatte anfangs versucht, ihn aufzuheitern und in ein Gespräch zu verwickeln, aber er blieb ihr gegenüber einsilbig und so überließ sie ihn seinem Trübsinn. Die Bar füllte sich langsam und Fred fühlte sich durch die dadurch entstehende Lautstärke zunehmend gestört. Er schob Senta seine Kreditkarte zu, mit der sie abrechnete und verabschiedete sich von ihr. „Ich geh unten was essen. Vielleicht komm ich später wieder hoch." Er fand Platz an einem kleinen Ecktisch und begann die Karte zu lesen, was er immer tat, obwohl er dann stets ein Jägerschnitzel bestellte. Unterbewusst hing er eben an festen Gewohnheiten. Sein Essen kam schnell und er hatte das Schnitzel fast verzehrt, als Helmut sich an seinen Tisch setzte. „Moin Fred. Nicht gut drauf heute, sagt Senta…", begrüßte ihn sein Freund. Fred winkte mit der Gabel ab. „Ach geht schon wieder, Helmut. Wie geht's dir?" Helmut Klee brummte nur und bestellte für sich und Fred eine Runde Bier. Helmut sah schweigend zu, bis Fred sein Mahl beendet hatte und das Besteck auf den Teller legte. „Immer nur Schnitzel… Warum probierst du nicht mal was anderes. Ich werde dem Koch sagen, er soll Jägerschnitzel von der Karte nehmen, dann musst du was Ordentliches essen", frotzelte er. Fred trank einen langen Schluck Bier. „Wenn du das tust, wechsel ich das Lokal. Geschworen", antwortete Fred und beide lachten. Sie witzelten noch eine Weile herum, dann fragte Helmut „Und was ist wirklich los… Vera?" Freds Miene versteinerte sich. „Sie meint das Ernst diesmal und sie will die Firma verkaufen und dann…" Helmut pfiff leise durch die Zähne. „Nicht so gut. Ihr habt einen Ehevertrag, oder?" Fred nickte. „Aber am meisten macht´s mir was aus, dass die Firma übern Deister geht. So viel Potential…" Helmut schwieg und nahm einen Schluck. „Was wäre, wenn Vera jetzt verschwände…" Fred starrte ihn an. „Bist du bekloppt? Mittlerweile weiß jeder, dass wir uns getrennt haben und die Polizei hätte mich sofort am Arsch." Er schüttelte den Kopf. Helmut wurde von einem der Kellner ans Telefon gerufen und Fred, von Schnitzel und Bier in einen besseren Zustand versetzt, vergaß das Gespräch mit Helmut und als die Bar, in die er zurück gekehrt war schloss, führte Senta den leicht schwankenden Fred die Treppe zu seiner Wohnung hinauf, nahm ihm den Schlüssel aus der Hosentasche und schloss auf. Sie hätte jetzt gehen können, aber sie streifte ihre Schuhe ab und zog Fred hinter sich her in sein Schlafzimmer, dessen Lage sie von früheren Gelegenheiten her kannte. Er lallte etwas, als sie ihm seine Hosen auszog, aber dann ergab er sich in sein Schicksal und wider Erwarten erfüllte sein Körper, nach einigem Bemühen ihrerseits, all ihre Erwartungen!

Fred Kreienboom war wie erschlagen. Das erneute Gespräch mit Dr. Drachte hatte ihm seine Lage erst so richtig vor Augen geführt. Er war ein Nichts…! Auf die Gnade Veras angewiesen. Am demütigensten für ihn war gewesen, dass er einen gewöhnlichen Arbeitsvertrag vorgelegt bekommen hatte, der nur eine Gültigkeit von drei Monaten hatte. Es war zwar ein ordentliches Gehalt vereinbart, aber der Fall war tief. Eben noch uneingeschränkter Chef, jetzt sozusagen Geschäftsführer mit Dr. Drachte, dem das zu gefallen schien, als Kontrolleur im Nacken. „Und wenn ich jetzt einfach von mir aus gehe? Mit meinen Patenten zur Konkurrenz?" Der Gedanke erschien ihm verlockend und am Abend führte er ein Gespräch mit dem Geschäftsführer eines Unternehmens in Düsseldorf, der total euphorisch und begeistert war…, bis die Frage nach dem Besitz der Patente aufkam. „Tut mir leid, Herr Kreienboom, aber das ist für uns zu riskant. Ihr Dr. Drachte hat in gewissem Sinne recht, wenn er sagt, dass sie die Verfahren als Teil ihrer Arbeit in der Firma entwickelt haben. Auch wenn es keinen geregelten Vertrag gab… Sollten sie vor Gericht verlieren, stehen wir als Markenpiraten da. Tja… Nichts für Ungut. Sollten sie diese Frage klären können, rufen sie mich unbedingt wieder an." Fred legte entmutigt auf. Drachte schien recht zu haben und ohne die Patente war er offensichtlich für die Konkurrenz wertlos. Wieder führte ihn sein Weg in den Trost der „Hanse-Stuben". Senta begann sich schon Sorgen zu machen. So viel hatte Fred nie getrunken. Sie mochte ihn und es war schön mit ihm im Bett, aber zuletzt war es immer mühsamer gewesen, ihn in Stimmung zu bringen. Helmut Klee setzte sich zu ihm. Sie hatten sich seit dem abgebrochen Gespräch vor zwei Tagen nicht gesehen. Auch er sah sofort, dass es seinem Jugendfreund nicht gut ging. Sie redeten und tranken und dann wiederholte Helmut seine Frage. „Und wenn Vera verschwindet?" Fred knurrte. „Hab ich dir doch schon gesagt. Die Polizei hätte mich als „Nutzniesser" sofort am Arsch." Helmut schwieg und trank einen Schluck Bier. „Dachte nur, so eine kleine Entführung. Natürlich geschieht ihr nichts. Der „Entführer" wendet sich an diesen Drachte, droht Veras Ermordung an, falls er die Polizei einschaltet und dann kriegst du eine ordentliche „Abfindung". Nur so eine Idee von mir. Müsste man gründlich planen, aber machbar ist das…"   „Du bist verrückt. Zuviel schlechte Filme geguckt", antwortete Fred. „Bei sowas kennen die keinen Spaß, die Bullen."   Helmut nickte. „Dieser Drachte müsste unbedingt die Polizei raushalten…"

Für diesen Abend beließen sie es dabei, aber es war als wäre ein Saatkorn in Freds Gehirn gesetzt worden und es begann langsam zu reifen. In den nächsten Tagen traf er sich mehrmals mit Vera, die ihm gegenüber kühl und distanziert blieb, auch wenn er einen freundschaftlichen Umgang mit ihr versuchte. Sehr schnell, viel schneller als gedacht, entfremdete er sich von ihr und fragte sich, warum er so lange mit dieser Frau zusammen gewesen war.

Das Wochenende kam wie eine Erlösung für ihn. In normalen Zeiten wäre er am Freitag noch lange im Labor gewesen, in dem er an einem neuen, energiesparenden Verfahren arbeitete, aber er hatte beschlossen, das nicht mehr für diese- Veras Firma- zu tun. Hechter und zwei andere Ingenieure hatten verwundert zur Kenntnis nehmen müssen, dass Fred die Arbeiten an dem Projekt einstellte, die bisherigen Ergebnisse auf Speichersticks sicherte und die Dateien in den Arbeitsspeichern der Computer löschte. Hechter sah seine Kollegen an und beschloss, sich sofort nach einer neuen Stelle umzusehen.

Das war es, wofür er lebte. Das Rauschen des Kielwassers, der Wind in seinem Gesicht und das leise Knattern der Segel. Wie schon vor längerer Zeit geplant, hatte sich Fred Kreienboom zur Vorbereitung auf das große Transatlantik Rennen für eine Reihe kleinerer Regatten angemeldet. Normalerweise hätte er Gewissensbisse oder zumindest Unbehagen gehabt, eine so lange Zeit der Firma fern zu bleiben, aber jetzt… Vera hatte ihm durch Dr. Drachte mitteilen lassen, dass sie die Firma definitiv an die Chinesen verkaufen würde. Er hatte eine Betriebsversammlung abhalten lassen und ein Vertreter des chinesischen Konzerns hatte eine Bestandsgarantie für Firma und Jobs abgegeben und an diesen Strohhalm klammerten sich die Leute. Fred hatte da seine Zweifel. Man würde sehen. Für ihn persönlich war aber auf mittlere Sicht kein Platz mehr an der Spitze der Firma. So nahm er sich die Freiheit mehr und mehr Zeit auf dem Wasser zu verbringen. Gerade jetzt befand sich die „Kondor" auf dem Weg nach Kerteminde auf der Insel Fünen, von wo aus in zwei Tagen die Regatta „Rund Fünen" starten würde. Voraus war schemenhaft Land in Sicht und Fred wusste, ohne auf die Karte sehen zu müssen, dass er sich Bagenkop an der Südspitze der Insel Langeland näherte. Er war sehr früh am Morgen bei bestem Wetter in Travemünde los gefahren und als die Sonne strahlend hell aufging, hatte er sich schon querab Grömitz befunden. Den Vorabend hatte er mit Seglerfreunden in diversen Kneipen Travemündes verbracht. Gut gegessen im „Fischtempel", einiges getrunken bei „Winkler" und im „Hein Mück". Der Hafenmeister war natürlich nicht mehr da und er musste die Autofähre auf den Priwall nehmen und etwas schwankend an der Trave entlang zum Passathafen gehen. Aber er kannte das und lag bald in der, wie er fand, bequemen Segeltuchkoje seiner Yacht. Die Weckfunktion seines Handys hatte ihn schon bald wieder geweckt und starker Kaffee vertrieb den dicken Kopf. Der stetige Westwind hielt durch und nachdem er unter der Fehmarnsund-Brücke hindurch war und an Steuerbord die Küste Fehmarns zurückblieb, konnte er direkten Kurs auf Bagenkop, sein heutiges Ziel absetzen. Jetzt, Mitte Mai, war es noch ziemlich ruhig in den Häfen. Schon in einem Monat würde das Gedränge der unzähligen Familienyachten jeden Yachthafen in der dänischen Südsee verstopfen. Fred fand eine Box am äußeren Ende eines der langen Stege. Er liebte die Ruhe und fand es eher störend, wenn sich die Besatzungen der anderen Boote an seiner „Kondor" vorbeidrängten. Er tuchte die Segel auf, räumte auf und ging mit Waschbeutel und Handtuch an Land. Beim Hafenmeister, den er von vorhergehenden Besuchen kannte, entrichtete er das Liegegeld und duschte ausgiebig im eher rustikalen Waschhaus. Er kannte ein recht gutes Restaurant im Ort, entschied sich dann aber für die Imbissbude am Hafen, wo er lecker geräucherten Fisch auf Schwarzbrot zu einem frischen dänischen Tuborg-Bier genoss. Hier war er glücklich und er vergaß die Firma und Vera und das, was vor ihm lag.

Wunderbar erfrischt erwachte er am nächsten Morgen und es störte ihn auch nicht, dass es diesig und relativ kühl war. Er legte ab und segelte an Marstal auf der Insel Aero vorbei. Unterquerte die große Brücke bei Rudkobing, die Fünen und Langeland verbindet und folgte der Küstenlinie bis er bei Nyborg nach Norden wendete und die gewaltigen Bögen der „Großen-Belt-Brücke" vor sich hatte, die wiederum Fünen mit Seeland verbindet. Er musste ein bisschen ausholen, weil es nicht erlaubt ist, unter jedem Bogen hindurch zu segeln. Das Wetter hatte sich etwas gebessert und als er in Kerteminde an Land ging, kam die Sonne hervor. Hier war es schwierig einen Platz zu bekommen, denn die meisten Teilnehmer der kommenden Regatta waren schon da. Mit Hilfe eines Seglers, den er kannte gelang es aber schließlich. Am Abend gab es eine Besprechung der Teilnehmer. Fred erfuhr, dass in seiner Klasse, also „Einhand"… alleinsegelnd… nur fünf Boote gemeldet waren. „Dann bist du ja schon mal Fünfter!" neckte ihn ein Bekannter, was Freds Laune aber nicht beeinträchtigte. Karten und Merkblätter wurden verteilt und die traditionelle Vorabend-Party begann. Fred hielt sich mit dem Alkohol zurück und segelte früh los. Es gab keinen Massenstart. Ein Kampfrichter notierte die Abfahrtzeit der Boote und würde das bei der Rückkehr wieder tun. Die gesegelte Zeit entschied. Mit ihm verließen noch einige Yachten den Hafen. Die meisten größer und schneller als die „Kondor" mit bis zu zehn Mann Besatzung, aber Fred beneidete sie nicht. Bis zur Wende nach Westen war es ein einfaches Segeln, dann drehte der Wind und Fred musste kreuzen. Boote überholten ihn, aber andere, in Größe der „Kondor", konnte er einholen. Bei Middelfahrt drehte er nach Süden und hatte die Insel nun halbwegs umrundet. Hier setzte unerwartet heftiger Wind ein, der die kurzen Wellen unangenehm brechen ließ. Fred wusste, dass dies nichts war im Vergleich zu dem, was ihn im Atlantik erwartete, aber gegen Abend verließ ihn die Lust an der Schaukelei und er nahm die Karte zur Hand. Links von ihm, an Backbord, lag die kleine Insel Helnaes, die einer weiten Bucht dahinter ihren Namen gab. Er drehte die „Kondor" in die gut ausgetonnte Fahrrinne und war sofort in geschütztem ruhigem Wasser. Geradeaus lag der Ort Falsled, wo es, wie er wusste ein ausgezeichnetes Restaurant Namens „Falsled-Kro" gab. Aber er hatte plötzlich Lust auf Ruhe und allein sein und fand eine kleine Bucht an der Ostseite von Helnaes, wo er den Anker warf. Er kochte sich eine Erbsensuppe aus der Dose und trank Pinot-Grigio dazu. Über Funk meldete er sich bei der Regatta-Leitung ab, denn er hatte beschlossen, von hier aus nach Hause zu fahren. Niemand war hier. Nur wenige Menschen wohnten auf der Insel und das am anderen Ende, kilometerweit entfernt. Kein anderes Boot war in der Nähe und Helmuts Plan nahm Gestalt an.

Helmut war überrascht. Gewiss, er hatte Fred auf die Idee gebracht und ihn selbst trieben keine Skrupel, aber… „Hmmm", räusperte er sich. Sie hatten sich wieder auf dem Golfplatz getroffen, wo sie niemand belauschen konnte. Fred hatte ihm soeben einen ziemlich detaillierten Plan eröffnet. „Wenn du das wirklich durchziehen willst… Ich meine, die Entführung, wer soll das denn machen? Du selbst?"   Fred sah ihn erschrocken an. „Ich? Vera kennt mich, so sehr ich mich auch verkleide. Nee, ich dachte, du kennst vielleicht Jemanden !" Helmut holte aus und sah dem Ball nach. „Möglicherweise. Muss mal drüber nachdenken. Muss ja verlässlich sein." „Er muss sich mit Booten auskennen", sagte Fred und Helmut nickte.

Fred wartete unruhig auf Helmuts Antwort. Die Tage in der Firma wurden mehr und mehr zur Qual für ihn. Dr. Drachte verhandelte noch immer mit den Chinesen und kam fast täglich in Freds Büro um seine Unterschrift unter die Abtretung seiner Rechte an den Patenten zu erreichen. „Einhunderttausend…, das ist mein letztes Wort", sagte er gerade und sah Fred in die Augen. „Mehr werden sie nicht bekommen. Sie haben doch schon die Wohnung, das Boot und den Wagen." Fred lachte kurz auf. „Sie wissen, Herr Doktor, was die Patente wert sind." Das stimmte wohl, aber er hatte ja selbst erlebt, dass sie für ihn eben nicht verwertbar waren. Drachte stand auf. „Bis morgen muss ich ihre Antwort haben. Guten Tag." Fred sah finster auf die Tür, die sich hinter dem Anwalt geschlossen hatte. Sein Handy klingelte. „Ich hab Jemanden. Verlässlich. Braucht Geld und kennt sich mit Booten aus. Ist aber…" Er zögerte etwas „eine Frau…" „Was?" entfuhr es Fred. Er dachte nach „Warum eigentlich nicht. Wenn sie Vera in Schach halten kann. Wir halten sie sowieso unter Drogen. Wie regeln wir das?" „Im Groben hab ich mit ihr alles klar gemacht und die Details… Das musst du mit ihr klären."

Iris Fendt war irgendwie in Scharbeutz gestrandet. Wie genau wusste sie fast selbst nicht mehr. Ihr Leben war damals aus den Fugen gewesen. Ehe zu Ende, im Job war es nicht weiter gegangen. Sie wollte und konnte das nicht mehr, in einem Büro eingesperrt und von Terminen getrieben sein. Sie hatte dort an der Ostsee Urlaub gemacht. In einer kleinen Pension, aber mit Meerblick und beschlossen, hier zu bleiben. Schwer genug war das gewesen. Es sagt sich so leicht, „Die Zelte abbrechen", aber wenn man nicht zufällig Nomade oder Indianer ist, sind diese Zelte aus Beton. Sie hatte es irgendwie geschafft. Freunde gefunden, hin und wieder einen Mann, der mehr als nur Freund war, aber das hatte nicht funktioniert. Teils waren es Männer, die aus diesen oder jenen Gründen nicht wirklich bindungsfähig waren, teils hatte sie nach kurzer Zeit Panik vor zu viel Nähe empfunden...

Jobs kamen und gingen. In der Gastronomie, Textilhandel... Am besten hatte es ihr noch in der freien Natur gefallen. Jemand hatte ihr eine Beschäftigung in einem Charterunternehmen verschafft. Sie hatte den Bootsführerschein gemacht und unbändiges Glücksgefühl erlebt, wenn sie auf dem Wasser war. Einige Zeit hatte sie das Taxiboot gefahren, das es in Scharbeutz gab, aber das war nur in der Sommersaison und die war kurz. Eigentlich hatte sie immer Geldnot, aber so schlimm wie diesmal war es noch nie gewesen. Das Taxiboot gab es nicht mehr und einen neuen Job im Charterbootgeschäft würde es für sie bestenfalls in zwei Monaten geben.

Sie kannte Helmut - seinen Nachnamen wusste sie nicht - weil sie einige Zeit in einer seiner Bars in Timmendorf gearbeitet hatte. Er hatte sie anbaggern wollen, aber er war so gar nicht ihr Typ, auch wenn er sehr reich war. Iris war überrascht, als er sie anrief und sie einlud, sich mit ihr im „Cafe Wichtig" in Scharbeutz zu treffen. „Ich hab vielleicht einen Job für dich", hatte er gesagt und sie war gespannt und hoffnungsvoll schon eine Viertelstunde vor der verabredeten Zeit dort gewesen. Sie kannte viele Leute und die Zeit war ihr nicht lang geworden, während sie auf Helmut wartete. Als er kam wurde auch er überschwänglich vom Personal begrüßt. Viele hatten irgendwann schon einmal für ihn gearbeitet. Iris hatte an einem Tisch in der Mitte der überdachten Terrasse Platz genommen, aber er winkte sie an einen Tisch in der entlegensten Ecke. „Entschuldige", sagte er, nachdem er sie begrüßt hatte. „Ist ein bisschen… nun ja, heikel, was wir zu besprechen haben." „Da bin ich aber gespannt", sagte sie. Helmut bestellte und sie hielten Smalltalk, bis ihre Getränke kamen. „Also was hast du für mich?" fragte sie schließlich, weil sie es nicht mehr aushielt. Er grinste und sagte „Du sollst jemand entführen!" Sie verschluckte sich an ihrem Weizenbier. Dann lachte sie. „Weißt du, was ich eben verstanden habe? Ich soll jemanden entführen." Sie lachte wieder, aber als sie sah, dass er nicht mit lachte, hörte sie auf. „Nicht dein Ernst, oder?" fragte sie etwas unsicher. „Die Sache ist die…" erklärte Helmut und Iris fand das absurd, aber als sie hörte, was sie dafür bekommen sollte… „Nein", sagte sie trotzdem. „Aber der Frau passiert nichts. Nur drei Tage. Maximal. Du passt nur auf sie auf. Du kommst ins Spiel, weil wir es mit einer Motoryacht machen. Todsicher!"

Sie trennten sich eine halbe Stunde später. Sie hatte ihm versichert, dass sie da niemals mitmachen würde und er dachte auf der Rückfahrt nach Lübeck darüber nach, wer sonst den Job übernehmen könnte, aber dann rief sie schon an. Der Gedanke an ihr Konto und an die Möglichkeiten, die sich ihr mit dem Geld eröffneten… „Aber ihr darf wirklich nicht passieren", sagte sie bestimmt. „Meinst du, wir wollen das?" fragte er. Sie hatte gestaunt, als Helmut ihr den Namen seines Freundes genannt hatte, dessen Frau sie bewachen sollte. Sie kannte ihn sogar vom Sehen von der Travemünder Woche her. „Ok", sagte Helmut. „So in zwei Wochen. Wir mieten ein Boot und organisieren die… Anlieferung der Dame. Du erfährst dann, wohin du schipperst und dort wartest. Anzahlung hast du morgen auf deinem Konto." „In Ordnung", sagte Iris mit belegter Stimme und legte auf. Den ganzen restlichen Tag verbrachte sie wie in Trance. Überlegte, wie sie aus dieser Nummer wieder herauskam und schlief sehr schlecht, aber als sie am nächsten Vormittag zur Sparkasse ging und den Kontoauszug in der Hand hielt, war es Realität. Sie war kriminell geworden.

Auch Fred plagten Gewissensbisse. Trotzdem arbeitete er sorgfältig die Checkliste ab, die er sich angelegt hatte. In Neustadt mietete er ein zwölf Meter langes, unauffälliges Motorboot von einem Privatmann. Er nannte einen falschen Namen und angesichts der ansehnlichen Summe, die Fred in bar auf den Tisch legte, war das kein Problem. Ein Stahlschiff, mit einer großen Doppelbettkabine im Vorschiff, nebst Dusche und WC . Ein Fahrstand oben im Freien und einer in der Oberdeckkabine. Er unterschrieb den Vertrag für vier Wochen, nahm die Schlüssel an sich und ließ das Boot an seinem Liegeplatz in Neustadt. „Ich hole es im Laufe der Woche ab", sagte er und der finanziell klamme Besitzer hörte kaum zu, weil er noch mit Geldzählen beschäftigt war. Helmut besorgte die KO.Tropfen, die sie brauchen würden. Kein Problem für ihn. Einer seiner Sicherheitsleute hatten die einigen bescheuerten Jugendlichen in einer seiner Diskos abgenommen, als die versucht hatten, das Zeug ein paar Mädels in die Cola zu kippen… Statt sie der Polizei zu übergeben, hatte der Sicherheitsmann, der solche Sachen hasste, weil er selbst eine Tochter hatte, den drei Jungen eine Abreibung verpasst, die sie nicht vergessen würden und das Zeug Helmut, seinem Chef übergeben. Iris hatte per Boten die Bootsschlüssel erhalten und war nun in Neustadt dabei, das Boot mit dem Namen „Südwind" zu verproviantieren und zu tanken. Zum Glück hatte das ziemlich alte Boot eine Tiefkühltruhe, die der Besitzer zur Aufbewahrung seiner Angelbeute genutzt hatte und Iris scheuerte lange Zeit darin herum, um die Gerüche einigermaßen zu vertreiben. Schließlich war alles bereit. Iris gefiel das Boot und sie blieb gleich in Neustadt, ging Abends zu „Klüvers" und ins „Krabbes" und hoffte, dass der Anruf nicht kommen würde.

Vera war glücklich. Seit Jahren so richtig glücklich. Ihr Lover, der junge Mann mit dem Porsche, war für sie eine sexuelle Offenbarung. So etwas hatte sie nicht für möglich gehalten. Fred und ihre anderen Liebhaber waren dagegen… Nichts. Das musste sie so hart feststellen. Keiner hatte die Leidenschaft in ihr geweckt, wie Jonas, der nur etwas mehr als halb so alt wie sie selbst war. Und wenn schon… Sie verbrauchte Geld in beängstigendem Tempo, egal, es war ja da und bald, wenn die Millionen der Chinesen auf dem Konto waren… Sie würde mit Jonas nach Amerika fahren. Florida oder Kalifornien, so genau wussten sie das noch nicht. Das Telefon klingelte, als sie sich gerade die Fingernägel lackierte und so konnte sie beim besten Willen nicht abnehmen. Der Anrufbeantworter sprang an und Fred sagte „Ich muss dich dringend sprechen. Ruf mal zurück bitte." Sie ließ sich Zeit bis die zweite Schicht Karmesinrot trocken war. „Ich fahr für zwei Wochen nach Gran Canaria", verkündete Fred ihr, nachdem sie ihn angerufen hatte. „Die Regatta vorbereiten." „Viel Spaß", sagte sie nur, denn sie hatte keine Lust mit ihm zu reden. Gut, dass sie mit diesem Segelkram nichts mehr zu tun hatte. Kurze Zeit später rief Dr. Drachte an. „Mist", sagte der, als Vera ihm von Freds Reise erzählte. „Er hat noch immer nicht unterschrieben. Langsam wird es Zeit." „Zahlen die Chinesen sonst nicht?" entfuhr es jetzt Vera, die an das Geld dachte. „Ohne die Unterschrift nicht", antwortete Drachte. „Ich habe diese Woche keine Zeit mehr. Dringende Termine." „Ich ruf ihn nochmal an", sagte Vera und Drachte legte auf.

Fred musste grinsen, als er wenig später ihre Nummer im Display seines Handys sah. Genau, wie Helmut vorher gesagt hatte. „Ach ja, hatte ich vergessen. Ich hab die Papiere hier in der Wohnung, aber ich habe keine Zeit mehr. Wenn du morgen Abend nach Travemünde kommst, kannst du sie dir abholen." „Dr. Drachte ist heute nicht mehr da…", stöhnte Vera. „Kannst du nicht auf dem Weg hier vorbei kommen?" „Unmöglich", sagte Fred und sie willigte ein, nach Travemünde in den Hafen zu kommen.

Fred hatte sich einen ziemlich komplizierten und anstrengenden Plan für sein Alibi ausgedacht. Helmut hatte ihn ausgelacht. „Wir können dafür doch jemanden engagieren." „Nein", wehrte Fred ab. Nicht noch einen Mitwisser." Er flog sehr früh am Morgen nach Gran Canaria, wo er am Spätvormittag ankam. Er musste lange auf sein Gepäck warten und ärgerte sich darüber, denn die Zeit war knapp. Ein Taxi brachte ihn nach Puerto Mogan, wo er in dem noblen Senses- Hotel am Hafen ein Zimmer reserviert hatte. Er brachte sein Gepäck ins Zimmer, hängte das „Nicht stören" Schild außen an die Tür und ging dann an die Rezeption, wo er sich ziemlich umständlich nach diesem und jenem erkundigte und für den kommenden Abend einen Tisch im Restaurant buchte. Damit der Portier sich auch wirklich an ihn erinnerte, steckte er ihm einen Fünfzig Euro Schein zu. „Oh Danke Senor Kreienboom", sagte der. Fred sah auf die Uhr und überquerte die Brücke zum Paseo. An der Bushaltestelle standen Taxen und Fred ließ sich zum Flughafen bringen. Acht Stunden später, nun war es gegen 19Uhr, war er in Lübeck. Er zog sich die schwarzen Sachen an, die er für zweckmäßig hielt. Vorsichtig nahm er das Fläschchen Äther, das Helmut irgendwie besorgt hatte und las den Beipackzettel. Er steckte es mit einem Handtuch in eine Stofftasche. Er sah sich noch einmal um, schloss ab und fuhr nach Travemünde.

Helmut Klee hatte Iris gegen Mittag angerufen und angewiesen am Abend, nach 18 Uhr, wenn die Bootstankstelle auf der Priwall-Seite geschlossen war mit dem Boot nach Travemünde zu fahren und dort anzulegen. Sie war aufgeregt und zu früh los gefahren. So musste sie sich noch eine Stunde lang in der Bucht treiben lassen, was nicht zu ihrer Beruhigung beitrug.

Vera schimpfte halblaut vor sich hin. Wenn sie nicht so dringend auf diese blöden Papiere angewiesen wäre… Es hatte zu allem Pech noch zu Nieseln begonnen und dunkel war es nun auch. Fred hatte sie nur ganz kurz angerufen, sie zur Tankstelle auf dem Priwall beordert, und sofort aufgelegt, ehe sie protestieren konnte. Sie wartete nun schon eine viertel Stunde. Sie zog sich den Kragen dichter um den Hals und sah sich um. Eine Motoryacht lag dort am Kai. Kein Licht drauf. Zwei Angler gingen vorbei in Richtung Fähre…

Auf diese Angler hatte Fred warten müssen. So ein Pech, das die hier waren und er hatte befürchtet, dass Vera einfach gehen würde. Er zog das Handtuch aus der Tasche, öffnete das Ätherfläschchen und hielt den Atem an, um nichts einzuatmen. „Ruhig ein bisschen mehr", dachte er. Noch mal umsehen… Niemand da. Leise schlich er aus den Büschen die paar Schritte auf die ahnungslose Vera zu umfasste sie von hinten und drückte ihr das Handtuch aufs Gesicht. Von Fern musste es aussehen, als wenn ein Liebespaar sich in den Arm nahm… Fred geriet in Panik, als Vera sich heftig zu wehren begann. Der Angriff von hinten hatte sie gelähmt, aber kurz bevor die Wirkung des Betäubungsmittels einsetzte, konnte sie den Arm des Angreifers lockern und einen Schrei ausstoßen. Fred stieß erneut das Handtuch vor ihre Nase und sie erschlaffte urplötzlich, so dass er sie kaum halten konnte. Schnell hob er sie hoch und lief die zehn Meter bis zum Boot, wo Iris den schwarz gekleideten Mann anstarrte. „Los, hilf mir", stieß der hervor und mit vereinten Kräften schafften sie es, die bewusstlose Frau die Treppe hinab und in die Vorderkajüte zu bringen. Sie vermieden es immer noch Licht zu machen und warteten schwer atmend und schweigend einige Minuten lang. Draußen regte sich nichts. Zwar hatte ein älteres Paar an der Fähre den unterdrückten Schrei Veras gehört, aber die Fähre würde nicht warten und so waren sie an Bord gegangen. „Gut", sagte Fred dann und holte eine Seekarte aus der Tasche. „Du fährst hier hin, gehst vor Anker und rufst Helmut an, wenn du da bist." Iris sah sich die Karte an. „Bestimmt zehn bis zwölf Stunden mit dem Kahn… Wie lange ist sie bewusstlos?" Fred zuckte die Schultern. Nicht mehr als zwei, drei Stunden. Wir sperren sie hier ein und du machst nicht auf, hörst du? Sie hat alles hier drin." Er wies auf den Kühlschrank und den Schrank, Toilette und Waschbecken. „Lass sie ruhig schreien… Sie wird schon bald merken, dass das sinnlos ist." Iris wurde immer mulmiger bei der Sache. Fred holte die K.O. Tropfen aus der Tasche. „Hier, davon gibst du ihr ein paar Tropfen in ein Getränk. Dann ist erst einmal Ruhe." Sie fühlte den Puls der bewegungslosen Frau und war beruhigt, ihn zu fühlen. „Na gut", sagte sie dann. „Ich warte bei Helnaes, aber nicht mehr als drei Tage. Das ist abgemacht." „Klar", nickte Fred. „Helmut kümmert sich um alles. Ich muss jetzt weg. Viel Glück." Er sah noch einmal zu Vera hinüber und verließ das Boot. Iris verschloss die Vorderkajüte, ließ den Motor an und löste die Taue. Es war nun dunkel, nur die vielen Lichter der Vorderreihe spiegelten sich in der Trave und sie wartete etwas, bis die riesige „Finntrader" vorbei war. Ansonsten gab es keinen Verkehr auf dem Wasser mehr und sie gab entschlossen Gas. Der kräftige Dieselmotor röhrte auf und sie folgte der Fähre auf die offene See hinaus.

„So `ne Nachtfahrt macht richtig Spaß", sagte Knut Reetmann zu seinem Kollegen in der Verkehrsleit-Zentrale und sah den Lichtern der Yacht nach, die den Leuchtturm passierte und in der Nacht verschwand. Auch auf dem Radar zeichnete sich die Yacht ab. „Wo der wohl noch hin will…" sinnierte sein Kollege, aber sie vergaßen das Boot schnell, denn ein Kümo aus Rostock kündigte sich an. Auch der Führer des Lotsenbootes, das den Lotsen der „Finntrader" abholte bemerkte die langsam Richtung Fehmarn fahrende Yacht und fragte sich, was in aller Welt der um diese Zeit und bei diesem Wetter noch auf See wollte.

Fred sah der Fähre nach und holte seinen BMW vom Parkplatz des REWE Supermarktes der gerade schloss. Auf dem ersten Rastplatz an der Autobahn hielt er an und zog sich um. Er stopfte die schwarzen Sachen in einen Papierkorb und fuhr zum Hannoveraner Flughafen wo er den Wagen im Parkhaus abstellte und ins Terminal ging. Es war noch sehr ruhig, auch wenn es hier kein offizielles Nachtflugverbot gab, aber ein Cafe hatte bereits geöffnet und er nahm eine leichte Mahlzeit ein. Ein bisschen beklommen war ihm. Wie leicht hätte Vera ihn erkennen können, wenn er ein Geräusch gemacht hätte… Hatte er aber nicht und nun war sie auf dem Boot! Mist, er hatte vergessen, Helmut Bericht zu erstatten und dann bemerkte er, dass sein Handy noch ausgeschaltet war. Helmut hatte unzählige Whats Apps und Nachrichten hinterlassen und war erleichtert als Fred ihm nun bestätigte, dass alles nach Plan gelaufen war. „Guten Flug", verabschiedete sich Helmut. Fred stand auf und schlenderte zum Schalter, der gerade öffnete. Er checkte ein und war zwei Stunden später erneut unterwegs nach Gran Canaria.

Eigentlich hatte Iris die Nacht durchfahren wollen, aber die Sicht war einfach zu schlecht. Nachdem sie die Fehmarnsund-*Brücke passiert hatte, drehte sie entschlossen nach links in die* Zufahrt nach Heiligenhafen ab und legte am Kopf des äußersten Chartersteg an, um jederzeit auslaufen zu können. Hier würde niemand etwas hören. Seit einiger Zeit schon kamen die gedämpften Schreie und das Hämmern von Fäusten von vorn und Iris durchfuhr ein eisiger Schreck. Sie hatten der Frau ihre Handtasche belassen. Ein Handy… Iris war eine kräftige Frau, trotzdem… Sie lauschte an der Tür. Nichts zu hören. Ob die Frau eingeschlafen war? Leise öffnete Iris die Tür und spähte ins diffuse Dunkel. Durch das Fenster –Fred hatte es abgeklebt- kam nur wenig Licht. Die Frau war nicht zu sehen, aber aus der kleinen WC Kabine kamen Geräusche. Schnell trat Iris einen Schritt in die Kabine und riss die Handtasche, die auf der Koje lag an sich. Die WC Tür wurde aufgerissen und Die Frau schrie und stürzte auf Iris zu, die die Frau zurückstieß und die Tür verschloss. Schwer atmend blieb sie einen Moment an das Holz gelehnt stehen. Dann ging sie zum Tisch und leerte den Inhalt der Tasche darauf aus. Taschentücher, Bürste, ein Slip, Strumpfhosen, Kopfschmerztabletten, Autoschlüssel… Iris bekam wieder Panik. Kein Handy…, aber dann fand sie es in der Seitentasche. Ein teures Iphone und Iris sah, dass viele Nachrichten eingegangen waren. Aufatmend legte sie es in eine Schublade und dachte darüber nach, wie dumm sie gewesen waren, die Frau und ihre Tasche nicht zu durchsuchen. „Noch mal gut gegangen", dachte sie und goss sich einen Cognac aus der Flasche ein, die der Eigner noch im Schrank gelassen hatte. Billiges Zeug und scharf, aber er kühlte Iris Kopf ab. Die Frau schrie und hämmerte wieder, aber Iris ignorierte das.

Sie hatte nicht geschlafen und beim ersten Dämmerlicht hatte sie abgelegt und den Hafen verlassen. Das Wetter versprach recht gut zu werden und sie genoss die Fahrt auf dem stabilen Motorboot. Sie hielt zunächst auf die Angelner Küste bei Maasholm zu und folgte ihr dann nach Norden. Sie umrundete die Insel Alsen im Osten und drehte dann erneut nach Norden. Vorbei an der malerischen kleinen Insel Lyo, wo sie vor einiger Zeit mal auf der Segelyacht eines verheirateten Mannes ein romantisch/erotisches Wochenende verbracht hatte, erreichte sie bald die Einfahrt in die Helnaes Bucht. Sie zog den Gashebel zurück und suchte mit dem Fernglas nach der versteckten Einbuchtung an der Ostküste der Insel, die ihr Fred Kreienboom beschrieben hatte. Sie ließ den Anker schließlich zwanzig Meter vor einem kieseligen Strand fallen, hinter dem eine kleine Düne mit ein paar verkümmerten Bäumen aufragte. Das Echolot sagte ihr, dass es hier tief genug war. Nach alter Tradition gönnte sie sich zunächst einen „Manöverschluck" aus dem mitgebrachten Weinvorrat. Sie seufzte und wünschte sich, nicht unter diesen Umständen hierhergekommen zu sein. Iris kletterte in die Kajüte. „Geht's ihnen gut?" rief sie. „Was soll das. Lassen sie mich sofort raus", kreischte Vera. „Ich kriege keine Luft und habe Hunger. Was ist überhaupt los?" „Der Lüfter pumpt genügend Luft in die Kabine. Getränke und Essen sind im Kühlschrank und ihnen wird nichts geschehen", rief Iris. „Bin ich entführt worden?" fragte Vera nun ziemlich verzagt. „So kann man es wohl nennen, aber ihnen passiert nichts", wiederholte Iris. Es gab in der Tür ein rundes aufschraubbares Bullauge, was Iris auf eine Idee brachte. „Wenn sie ruhig bleiben, bringe ich ihnen einen Kaffee." Es blieb eine Weile still, wobei Iris ein Schluchzen zu hören glaubte. „Ja bitte…", sagte Vera dann. Iris, die auf die Idee mit dem Kaffee gekommen war, weil sie selbst Sehnsucht nach einem hatte, kochte Wasser und bereitete zwei Becher mit dem Pulverkaffee zu. Dann nahm sie einen der Becher und öffnete die Verschraubung des etwa Fünfzehn Zentimeter durchmessenen Bullauges. Sie achtete darauf, sich nicht sehen zu lassen und reichte Vera das Heißgetränk, das sie Iris aus der Hand nahm. „Igitt", klagte Vera dann. „Das schmeckt ja furchtbar. Kann ich etwas Milch haben?" „Hab ich nicht", sagte Iris, der der Kaffee eigentlich schmeckte. Sie verschloss das Fenster wieder und ging an Deck. Die Sonne stand nun hoch am Himmel und sie genoss die Aussicht und die Ruhe. Sie nahm ihr Handy und runzelte die Stirn, denn das zur Verfügung stehende Netz war schlecht. Per SMS teilte sie Helmut mit, dass sie angekommen war und der antwortete mit einem Daumen-hoch Zeichen. Iris hoffte inständig, dass sie nicht die ganzen drei Tage hier bleiben musste und nahm ein Buch zur Hand. Ein Krimi. „Madonnengrab", von einem Autor, den sie aus Scharbeutz kannte. Sie hatte ihn schon gelesen, aber er war sehr spannend und sie freute sich darauf.

Jonas Meyer war ärgerlich. Er sah auf seine Rolex, die ihm Vera erst letzte Woche nach einer stürmischen Nacht zum Frühstück neben das Ei gelegt hatte. Noch einmal klingelte er, dann kramte er seinen Schlüssel, den Schlüssel, den sie ihm gegeben hatte hervor und schloss auf.

„Vera?" rief er, aber es kam keine Antwort. „Wo ist die denn…", dachte er. „Vera?" rief er nochmals und machte dann Licht und ging durch die Diele ins Wohnzimmer. Nicht aufgeräumt. Ein benutztes Weinglas auf dem Tisch… Sie waren doch verabredet. Er hatte Lust auf sie. Oh Mann, sie war sowas von scharf… Da kamen die jungen Frauen „seines" Alters nicht mit. Außerdem brauchte er Geld. Die nächste Rate des Porsche war fällig und sein „Alter", er meinte seinen Vater Ernst Meyer, Besitzer eines Heimwerker-Marktes, wollte ihm plötzlich kein Geld mehr geben weil er meinte, Jonas mit seinen siebenundzwanzig Jahren könnte nun endlich mal allein für sich aufkommen. Vera würde ihm schon was geben, da war sich Jonas sicher. Tja, nun war sie nicht da. Er sah an der Garderobe, dass ihr Mantel fehlte und die Schale auf der Kommode, wo sonst ihr Autoschlüssel lag, war leer. Sein Blick fiel auf das relativ kleine aber, wie er von Vera wusste, ungeheuer teure Gemälde eines alten Spaniers. Name hatte er vergessen. Eine Sekunde dachte er daran, es mitzunehmen, aber wie und wo verkaufen? Außerdem würde Vera das rauskriegen. Er seufzte und schloss die Tür von außen ab. Er setzte sich in seinen Porsche und dachte nach, dann holte er sein Handy heraus und rief ihre Nummer an, bekam aber nur die Mailbox. „Wo bist du?" fragte. „Wir sind doch verabredet…" Zur Sicherheit schrieb er ihr noch eine" Whats App" Nachricht, sah aber daran, dass die Häkchen nicht blau wurden, dass sie ihr Handy wohl nicht an hatte. „Na ja", dachte er und wählte Fritzis Nummer. „Hi, Schatz", sagte er als sie sich meldete. Er plauderte mit seiner ehemaligen Schulfreundin und sie verabredeten sich. „Bin gleich bei dir", sagte Jonas und fuhr los und Fritzi rannte ins Bad, um sich frisch aufzuhübschen für Ihn.

Fred las, was Helmut ihm per Kurznachricht geschrieben hatte. „Alles ok. Ware ist geliefert." Also war diese Iris mit dem Boot gut in Helnaes angekommen. Eben noch hatte er in der kleinen Bodega am Hafen gesessen und einen köstlichen Tomatensalat mit einem kühlen San Miguel Bier herunter gespült. Eine tolle Atmosphäre war das für ihn als Segler und er beschloss, wenn alles vorbei war, sich hier anzusiedeln. Fünfzehn Millionen wollten sie fordern, hatte er mit Helmut ausgemacht. Fifty/Fifty. Diese Iris kriegte hunderttausend. Fred war unschlüssig, was er mit dem Rest des Nachmittags anfangen sollte, begab sich erst mal auf sein Zimmer, von dessen Fenster er den quirligen Yachthafen überschauen konnte, und legte sich aufs Bett.

Er war wohl eingeschlafen, denn das Geräusch seines Handys auf dem Nachtisch weckte ihn. „Es geht los". stand da und er wusste, dass Helmut jetzt Dr. Drachte anrufen würde.

„Drachte", meldete sich der Anwalt etwas ungehalten, als sein Handy klingelte. „Unbekannte Nummer" stand auf dem Display und er hatte eigentlich das Gespräch nicht annehmen wollen, es aber nun doch getan. „Wir chaben Frau Kreienboom. Ihr geht gutt und sie kriegen heil wieder, aber wenn Polizei, sie todd. Verstähn?" Helmut hatte ein Tuch über sein Telefon gelegt und imitierte so etwas wie einen Akzent. „Was? Wie? Wer sind sie?", fragte Drachte aufs höchste erschreckt und alarmiert. „Keine Polizei. Wir melden!!!" sagte die Stimme am Telefon und legte auf. Drachte wusste nicht, was er tun sollte. Als Erstes versuchte er Vera anzurufen, hatte aber nicht mehr Glück als Jonas. Dann versuchte er es mit der Nummer von Fred Kreienboom und bekam zur Antwort „Der gewünschte Teilnehmer ist zur Zeit nicht zu erreichen". Ihm fiel ein, dass Vera ihm erzählt hatte, dass ihr Mann auf Gran Canaria war. Hatte wohl sein Handy abgeschaltet. Polizei? Der Anrufer hatte zum Ausdruck gebracht, dass Vera dann in Gefahr wäre… „Erst mal abwarten", dachte er dann. Ihm kam gar nicht in den Sinn sich zu fragen, warum man denn ihn angerufen hatte. Zwei Termine noch, sah er auf seinem Terminkalender und er musste sich sehr zusammen nehmen, um keine Fehler zu machen.

Helmut war sehr zufrieden mit sich. Er hoffte, diesen Drachte bis morgen weichkochen zu können. Die siebeneinhalb Mios, sein Anteil, kamen ihm gerade recht. Er war dabei, seine Geschäfte ein bisschen mehr auf seriös zu trimmen und zu eben diesem Preis stand ein kleines Hotel in Bad Doberan zum Verkauf. Er holte das Prospekt aus der Schublade seines Schreibtischs und plante die Eröffnungsfeier.

Der zweite Anruf kam am Abend. Wieder diese leicht verzerrte Stimme mit dem Akzent. „Wir wollen fünzeehn Miilionen Euro für Frau Kreienboom. Nix Polizei ‚sonst Frau todd." Diesmal ließ der Anrufer Dr. Drachte antworten. „Wer sind sie? Ich bin nur der Anwalt. Ich habe keine fünfzehn Millionen…". Der Anrufer lachte „Wir wissen, dass du Prokura. Firma ist reich. Fünzehn Millionen bis morgen. Ich ruf an!" Ehe Drachte noch antworten konnte, war schon das Gespräch beendet. Ihm war der Schweiß auf die Stirn getreten. Er ging zum Barschrank seiner Wohnung und goss sich ein großes Glas Cognac ein. Unruhig lief er damit auf und ab. Was sollte er tun? „Ich muss Kreienboom erreichen", sagte er sich und tatsächlich hatte er beim dritten Versuch Glück und Fred Kreienboom nahm das Gespräch an. Aufgeregt versuchte ihm Drachte den Sachverhalt zu schildern, aber Fred sagte- ganz nach Drehbuch- „Hallo, hallo…ich kann sie nicht verstehen. Sind sie noch da? Ich gebe ihnen die Nummer meines Hotelzimmers…" und legte auf. Fred wollte sicherstellen, dass Drachte von seinem Kanarien Aufenthalt überzeugt war. Fluchend wählte der Anwalt die ellenlange Nummer des Hotels und Fred Kreienboom meldete sich. „Ihre Frau ist entführt worden, Herr Kreienboom. Sie müssen unbedingt zurückkommen." „Mein Gott…", sagte Fred scheinbar erschüttert. „Haben sie die Polizei informiert?" „Wie? Nein, der Anrufer hat gesagt, sie töten in dem Fall ihre Frau… Das war so ein Ausländer. Die meinen es ernst" „Ok, ich komme, sobald ich eine Maschine bekomme." Er legte auf und sah auf die Uhr. Würde sowieso erst morgen früh etwas werden mit einem Flug. Etwas nervös wurde er jetzt doch, denn wenn dieser Drachte die Nerven verlor und doch die Polizei… Er zog sich eine leichte Jacke über und ging an die Rezeption, wo ihm der Portier versprach, sich um einen Flug nach Hamburg zu kümmern, wofür er erneut ein gutes Trinkgeld erhielt. Fred begab sich ins Büfett-Restaurant, wo er sehr gut aß und danach an seinen Lieblingsplatz in der Bodega am Hafen und er träumte von den Millionen und der Regatta, flirtete ein bisschen mit einer aufgebrezelten Engländerin mittleren Alters und dachte plötzlich daran, wie wenig es ihm wirklich ausmachen würde, wenn Vera tatsächlich entführt worden wäre.

Nach halb Elf, und Drachte hatte schon drei Cognac intus, wusste aber immer noch nicht, was er nun tun sollte. Fünfzehn Millionen… Selbst , wenn es in seiner Macht stehen würde… So viel hatte die Firma nicht auf ihren Konten. Die Bank, sie würde Fragen stellen und verlangen, dass die Polizei hinzu gezogen würde. Er musste einfach mit jemandem sprechen, der sich vielleicht mit sowas auskannte. Aber mit wem? Dann fiel ihm Manuel Drewitz ein, der bei der Seaguard-Versicherung arbeitete. Vielleicht hatten die schon mal mit so etwas zu tun gehabt.

Drewitz war ungehalten, weil ihn der Anruf Dr. Drachtes mitten in der Wiederholung eines Tatort-Krimis störte, den er noch nicht kannte. „Entführung? Das ist Sache der Polizei. Damit haben wir nichts zu tun", sagte er, nachdem der Anwalt, den er von verschiedenen dienstlichen Gelegenheiten her kannte, ihm alles geschildert hatte. „So ein Mist", sagte Drachte, der sich Hilfe erhofft hatte. Weißt du denn niemanden, der sich mit sowas schon mal beschäftigt hat?" Drewitz wollte den lästigen Anrufer möglichst schnell los werden, weil auf der Mattscheibe gerade eine Verfolgungsjagd, in die ein stämmiger Kommissar und ein bebrillter Gerichtsmediziner verwickelt waren, los ging. „Ich hab da so eine Mitarbeiterin. Detektivin. Die war früher bei der Polizei. Moment." Er fischte sein Notizbuch vom Sofa und fluchte, weil ihm dabei sein halbvolles Rotweinglas umfiel und den gehäkelten Tischläufer – noch von Muttern – versaute. „Hast du was zum Schreiben?", knurrte er Drachte an, der hastig einen Kugelschreiber suchte. „Ja, hab ich." Drewitz nannte ihm eine Handynummer. „Heißt Hamann. Ellen Hamann. Tschüss". Er legte auf, ohne noch zu hören, dass Drachte sich bedankte und holte ein Küchentuch, mit dem er den Schaden, den der Rotwein schon angerichtet hatte, begrenzen wollte und als er endlich damit fertig war, lief nur noch der Rest des Krimis, in dem die kleinwüchsige Assistentin des Mediziners ihm wieder mal rhetorisch ihre Größe zeigte.

Ellen Hamann war eigentlich müde, aber sie hatte die Berichte über ihren Einsatz an Bord des Kreuzfahrtschiffes immer wieder vor sich her geschoben und nun war es allerhöchste Eisenbahn. Beim Überlesen des letzten Absatzes kam sie ins Grübeln und musste an Rolf Riedel denken, den Mann der sie gerettet hatte. Sie dachte viel…, zu viel, an ihn, wenn sie ehrlich zu sich selbst war. Er hatte gesagt, dass er verheiratet war… Nicht das ihr das etwas ausmachte, aber… Sie seufzte, stand auf und holte sich noch ein Glas Rotwein, bevor sie ihre Arbeit fortsetzte. Schon früher bei der Polizei hatte sie es gehasst Berichte zu schreiben, besonders in dem gestelzten Amtsdeutsch. „Der mutmaßliche Täter…", selbst wenn er auf frischer Tat erwischt worden war. Er WAR der Täter und Punkt! Aber Juristen sind nun mal ein anderer Menschenschlag und Ellen verstand den Frust, den immer mehr Menschen hatten, wenn sie die manchmal haarsträubenden Urteile hörten, die jedem gesunden Menschenverstand diametral gegenüber standen.

Sie war fast ein wenig froh –trotz der späten Stunde – als das Telefon klingelte und eine Sekunde hoffte sie, es wäre Rolf… „Unbekannte Nummer", stand auf dem Display und sie nahm ab. „Hamann…", meldete sie sich und Dr. Drachte stellte sich vor. Seine Stimme klang gehetzt und sie musste ihn erst mal bitten, langsam zu sprechen. Drachte fasste sich etwas und sie hörte zu. „Woher haben sie meine Nummer und warum rufen sie mich an? Ich bin nicht mehr bei der Polizei…" „Herr Drewitz hat mir ihre Nummer gegeben", sagte er und sie dachte „Drewitz, dieses Arschloch…" „Herr Drachte, wie kann ich ihnen helfen? Ich kann ihnen nur raten, sich an die Polizei zu wenden. Das ist in diesen Fällen das Vernünftigste." Aber irgendwie verstand sie Drachte auch. Sie hatte es erlebt, dass die Polizei durch Inkompetenz und falschem Ehrgeiz solche diskreten Entführungen zur Katastrophe ausgeweitet hatte. „Gut", sagte Ellen nach dem Drachte sie nochmals bat, ihn zu beraten. „Ich komme morgen früh in ihr Büro und dann sehen wir, was ich für sie tun kann. Auf Wiederhören." Sie legte auf und ging an den Küchentisch zurück, auf dem ihr Laptop stand. Nachdenklich fuhr sie das Schreibprogramm herunter und schloss den Deckel. Dann nahm sie ihr Weinglas, füllte es aus der schon ziemlich leeren Flasche auf und setzte sich in ihre Sofaecke. Im Geiste versuchte sie sich an die Entführungsfälle, an deren Aufklärung sie beteiligt gewesen war in Erinnerung zu rufen. Es waren eigentlich nur zwei, denn in Wirklichkeit –anders als von den Fernsehkrimis suggeriert – passierte das nicht oft. Zu kompliziert war die Vorbereitung und Ausführung für den Großteil der eher beschränkten Ganoven. Wie bei Morden steckte da meistens ein Angehöriger oder zumindest Bekannter dahinter, der die nötigen Kenntnisse über die Lebensumstände und Verhältnisse der Zielperson hatte. Sie trank in kleinen Schlucken und stellte dann entschlossen das Glas ab, zog sich aus und ging ins Bett. Eigentlich hätte sie sich noch abschminken müssen, aber dazu fehlte ihr die Energie. Sie dachte noch ein bisschen an den Fall, dem sie sich nun annehmen sollte und schlief ein.

Um Neun am nächsten Morgen betrat sie das alte Patrizierhaus in der Mengstraße in Lübeck, in dem Dr. Drachte sein Büro hatte. Sie dachte auf dem Weg dorthin an einen der letzten Fälle, den sie mit ihrem Partner Herbie Pring gelöst hatte. Gleich hier um die Ecke hatte es einen Brandanschlag auf ein italienisches Restaurant gegeben. Eine Schutzgeld-Bande hatte versucht dort abzukassieren und sie hatten die Bande unschädlich gemacht…

Dr. Drachte erwartete sie bereits. „Schön, dass sie kommen konnten. Kaffee?" Ellen nickte und Drachte drückte den Rufknopf zu seinem Vorzimmer und die Sekretärin brachte beinahe sofort ein Tablett mit dem Gewünschten. Ellen kramte ihren Schreibblock und einen Kugelschreiber aus ihrer Umhängetasche. Dann fragte sie Drachte gezielt nach den Lebensumständen der Entführten aus. Sie bekam ein Kribbeln auf der Kopfhaut, als sie hörte, dass die Frau ihren Mann vor die Tür von Leben und Karriere gesetzt hatte und war sich in dem Moment sicher, dass Fred Kreienboom seine Frau irgendwo versteckte, um an ihr, und wie er sicher dachte, SEIN Geld zu kommen. Als sie Drachte direkt fragte, ob er sich das vorstellen könne, sah er sie entgeistert an. „Nein, nein, der ist doch schon eine Woche auf Gran Canaria. Ich hab ihn gestern dort erreicht und er wird heute hier sein…" „Auf seinem Handy?" fragte Ellen hoffnungsvoll, denn dann hätte er auch um die Ecke sein können. „Nein, in seinem Hotel. Hier ist die Nummer." Er schob Ellen die Zeitung, auf deren Rand er die Nummer des Senses- Hotels gekritzelt hatte zu. Sie nickte, ein wenig enttäuscht. „Sie glauben doch nicht wirklich, dass Herr Kreienboom…" sagte der Anwalt. „Wer hätte sonst noch ein Motiv?" fragte Ellen. Dr. Drachte zuckte die Schultern. „Es gibt gerade sehr viel Unruhe in der Firma. Die Belegschaft ist beunruhigt, weil Frau Kreienboom an die Chinesen verkaufen will. Die Leute glauben, dass die nur an den Patenten interessiert sind und sie ihren Job verlieren." „Zu Recht?" fragte Ellen nach und sah Drachte scharf an. Der wand sich etwas. „Ja, wahrscheinlich schon." Ellen fühlte Ekel in sich aufsteigen. Und sie organisieren diese… Übernahme für Frau Kreienboom?" fragte sie und der Anwalt nickte. Ellen fühlte sich versucht, aufzustehen und einfach zu gehen. Sie hasste solche Leute wie dieser Anwalt offensichtlich einer war. Im Grunde ihres Herzens war sie überzeugte Sozialistin und dieses skrupellose Geschäftemachen war ihr zutiefst zuwider. Also kam auch eine Reihe von Mitarbeitern der Firma als Täter in Frage…

„Da tappen wir zunächst im Dunkeln", sagte sie dann. „Wann rechnen sie mit der Ankunft von Herrn Kreienboom?" „Er hat mir gesagt, dass er gegen Mittag in Hamburg landet und sofort hierher kommt." „Gut, ich muss ihn dann sofort sprechen", sagte Ellen. „Rufen sie mich an, wenn…" sie wollte sagen, der Entführer sich wieder meldet, aber just in diesem Moment klingelte das Telefon.

„Sie habben Geld bereit?" fragte die verzerrte Stimme, nachdem Drachte abgenommen hatte. „Nein, das dauert noch etwas", sagte Drachte, während er sich zu erinnern versuchte, mit welchem Knopf er den Lautsprecher einschalten konnte. Er fummelte am Handy herum, während Helmut am anderen Ende weiter sprach. „Sie chabben letzte Frist bis Nachmittag. Dann Frau todd, verstähn?" „ja, aber…", sagte Drachte, dann hatte er den Knopf an der Seite seines Handys gefunden und Helmut merkte an der Rückkopplung sofort, dass der Lautsprecher nun an war, also jemand mithörte. „Nix Lautsprecher!" sagte er wütend und legte auf. Drachte sah Ellen ratlos an. „Ein Ausländer sagte sie", überzeugt von Helmuts Imitationskunst. „Hab ich ihnen doch schon gesagt", keuchte der Anwalt. „Das mit dem Lautsprecher war gut gemeint, aber dumm von ihnen", murrte Ellen. „Jetzt weiß der, dass sie sich Unterstützung geholt haben und vermutet natürlich Polizei. Womöglich haben sie gerade Frau Kreienbooms Todesurteil unterschrieben", konnte sie sich nicht verkneifen, diesem aufgeblasenen Anwalt entgegen zu halten. „Scheiße…." jammerte Drachte ganz unanwaltlich und Ellen sah ihn mitleidslos an.

Helmut war ein bisschen aus der Fassung. Nachdem ihm bewusst geworden war, dass Drachte den Lautsprecher angeschaltet hatte, hatte er schnell aufgelegt. Missmutig warf er das billige Handy in den Papierkorb. Sieben Stück lagen auf seinem Schreibtisch. Alle in verschiedenen Läden besorgt und mit Prepaid-Karten aufgeladen. Überall die Rufnummern Übermittlung ausgeschaltet. Eigentlich konnte nichts passieren. Eigentlich… Dass Drachte so dumm war, jemanden, wahrscheinlich die Polizei hinzu zu ziehen… Er holte sich einen Whisky, kippte Cola hinein und nahm einen langen Schluck. Er fragte sich, ob sie das allein schaffen konnten und überlegte, wen er engagieren konnte, wenn das nötig werden sollte. Im äußersten Fall mussten diese Frau und auch diese Iris verschwinden, das war klar, aber wer würde das machen? Steffen Malchow fiel ihm ein und er suchte im Speicher seines eigenen Handys nach dessen Nummer.

Fred Kreienboom war missmutig und sauer auf sich selbst. Das hatte er glatt vergessen, dass er ja von Hannover abgeflogen war und sein Wagen dort in der Tiefgarage stand. Der Portier hatte ihm – auf seinen Wunsch – natürlich ein Ticket nach Hamburg besorgt. Nun saß er im ICE von Hamburg nach Hannover, um dann wieder an Hamburg vorbei nach Lübeck zu gelangen. Der Kaffee, den ein Steward ihm im Pappbecher reichte, schmeckte bitter und die Aussicht, sich nachher durch den wahrscheinlichen Stau nach Lübeck zu quälen trug nicht zu seiner Erheiterung bei. Wie es wohl Vera gerade ging? Er ertappte sich dabei, nun doch Gewissensbisse zu bekommen… Hatte sie das wirklich verdient? „Doch!" bestätigte er sich selbst. Was sie wohl an diesem Bürschchen fand? Na ja, er musste sich eingestehen, dass in letzter Zeit –nicht nur der fehlenden Zeit wegen- nicht mehr viel im ehelichen Bett passiert war.

Der Zug erreichte endlich Hannover. Er stieg in den Zubringerbus zum Flughafen und konnte dann seinen Wagen auf die Autobahn lenken, die wider Erwarten gut befahrbar und staufrei war. Trotzdem war es schon ziemlich spät am Nachmittag, als er die Silhouette des Holstentors vor sich sah. Er duschte erst mal ausgiebig, zog sich um und wollte in die „Hanse- Stuben", um mit Helmut zu reden, als er das blinkende Licht an seinem Anrufbeantworter bemerkte. Dr. Drachte hatte mehrfach Nachrichten hinterlassen und ihn unter anderem gebeten, mit einer gewissen Ellen Hamann Kontakt aufzunehmen. Er kratzte sich am Kopf und wählte ihre Nummer. „Hamann", meldete sie sich und er stellte sich vor. „Dr. Drachte sagte, ich soll sie anrufen wegen der… Angelegenheit." Er wusste ja nicht, in wie weit Drachte sie eingeweiht hatte. „Ja", sagte Ellen. „Wir sollten uns sofort treffen. Kennen sie das „Potters" an der Obertrave? Da sind wir um diese Zeit ungestört." „Ja, kenn ich sagte er", und versprach in zehn Minuten dort zu sein. Ellen hatte das „Potters" vorgeschlagen, weil es praktisch gleich bei ihr um die Ecke lag und sie dort gern einen guten Wein trank. Sie saß schon in einer Ecke und winkte ihm mit ihrem Rotweinglas zu, als er wenig später das Lokal betrat und sich suchend umsah. Er gab ihr die Hand und setzte sich. Niemand saß in der Nähe und so konnten sie in Ruhe reden. Die Bedienung kam und Fred bestellte ein Bier. Ellen bemerkte sofort, dass Fred sehr angespannt war und auf jedes seiner Worte achtete. „Schau an…", dachte sie. Es konnte natürlich auch sein, dass es seine gewohnte Geschäftsmann-Attitüde war.

Sie redeten eine Stunde lang miteinander und Ellen erfuhr eine Menge Details aus dem Leben des Ehepaares, das nun keines mehr war und dessen eine Hälfte so rätselhaft verschwunden war. Als sie sich verabschiedeten, war sie sich nicht mehr so sicher, dass er in die

Entführung verwickelt war. Sie blieb noch sitzen als er ging, sah ihm nach und bestellte sich noch ein Glas Wein.

Fred atmete tief durch. Was dachte sich dieser Drachte dabei, diese Frau zu engagieren? Andererseits hatte er Helmuts Anordnung Folge geleistet und die Polizei heraus gehalten. Er fand, dass er das Gespräch mit dieser Frau recht gut im Griff gehabt hatte. Sie schien nicht besonders Kompetent zu sein. Vielleicht konnte man das sogar nutzen und eine falsche Spur legen...

Helmut Klee war nicht in den „Hanse-Stuben", die Fred angesteuert hatte. Senta lächelte ihn an, gab ihm einen Kuss und schenkte ihm ein Bier ein und Fred rief Helmut an der versprach, gleich in die Bar zu kommen. Sie setzten sich in eine Ecke und als Senta sich dazu setzen wollte, verscheuchte sie Helmut. „Wir haben was Privates zu besprechen. Hast du nichts zu tun?" Sie entfernte sich beleidigt und ein bisschen erschrocken. Sonst war ihr Chef immer ganz umgänglich zu ihr... „Wie läuft es?" fragte Fred leise. Helmut schnaubte leise. „Dieser dämliche Drachte scheint doch die Polizei hinzu gezogen zu haben. Beim letzten Anruf hat er den Lautsprecher angestellt und..." Fred beruhigte ihn. „Hat er nicht. Ich meine, Polizei. Er hat eine Detektivin engagiert, weil er nicht weiß, wie er das alles abwickeln soll. Hab sie gerade kennen gelernt. Vor der brauchen wir keine Angst zu haben, glaube ich". Helmut blickte ihn aufmerksam an. „Meinst du? Na ja, klar, dass dem der Arsch auf Grundeis geht. Wird ihn gleich nachher noch mal anrufen. Meinst du, er kommt an das Geld ran?" Fred wiegte den Kopf. „Ich werde ihm mal Beine machen. Hab da eine Idee..."

Sie tranken noch ein Bier zusammen, dann ging Helmut, der noch Kontakt mit diesem Steffen Malchow aufnehmen wollte, wovon er Fred aber nichts gesagt hatte. Steffen war ein Mann fürs Grobe, fürs sehr Grobe und wenn das nötig werden würde… Besser Fred wusste nichts davon. Fred blieb noch kurz sitzen und Senta rutschte auf den Stuhl, den Helmut gerade frei gemacht hatte. „Was ist denn los bei euch…Stress?" Fred winkte ab und bekam Lust auf Senta. „Nichts Besonderes. Männersachen. Kommst du nachher rüber?" Senta lächelte. „Musst noch zwei Stunden ohne mich durchhalten", gurrte sie und Fred beugte sich zu ihr hinüber und küsste sie auf die Nase.

Zuhause packte er seinen Koffer aus, den er vorhin nur in den Flur gestellt hatte und setzte sich dann in sein Sofa, schaltete den Fernseher an, in dem das Nordmagazin lief und wurde plötzlich hellwach, als er seinen eigenen – den der Firma - Betriebsratsvorsitzenden sah, der einem Reporter erklärte, dass es in seiner Firma vielleicht bald massive Kündigungen geben könnte und der Reporter erkundigte sich, ob denn da nicht vielleicht die Regierung einschreiten und verhindern müsse, dass diese Art von Hochtechnologie ins Ausland abwanderte. Fred rief sofort Dr. Drachte an, der die Sendung auch sah und ähnlich beunruhigt war wie Fred, wenn auch aus anderen Gründen. „Eigentlich hat der Mann recht", sagte Fred. Vielleicht sollten wir uns an die Landes- oder Bundesregierung wenden. Die können uns vielleicht helfen…", sagte Fred. „Unsinn", sagte Drachte, der aber sofort sah, dass da eine Gefahr für seinen Deal auftauchte. „Wir haben freie Marktwirtschaft und können mit unserer Firma machen, was wir wollen. Ich meine, wir stellen ja nichts Geheimes für die Bundeswehr her. Aber ich muss sie dringend sprechen, Herr Kreienboom. Wegen des Geldes. Wir haben nicht so viel flüssige Mittel und die Banken..., sie stellen Fragen." Fred schwieg ein bisschen ins Telefon und Drachte fragte, ob er noch da sei. „Ja, bin noch da. Also gut, ich komme in ihr Büro." Seufzend zog er sich seine Schuhe wieder an und machte sich auf den Weg zu Drachtes Büro.

Steffen Malchow war natürlich wieder in der Mucki-Bude, dem Fitnesscenter in Lübeck-Marli als Helmut ihn anrief. Steffen war mal die große Hoffnung Mecklenburg-Vorpommerns auf eine Olympia-Medaille im Zehnkampf gewesen, bevor seine Mittelfußknochen brachen und damit seine Karriere im Ansatz beendeten. Zu viel Belastung. Er war einfach zu schwer für sein Skelett. Er war auf Boxen umgestiegen, aber auch da versagten ihm die Knochen den Dienst. Bildung hatte er nicht viel erfahren, dafür war er sich zu sicher gewesen, Sportkarriere zu machen und was geblieben war, waren Jobs als Türsteher in Diskos - auch Helmuts - Securitymann bei Veranstaltungen und ähnliches, wo er seiner schieren Größe wegen schon Respekt einflößte. Das hatte ihm aber auch einige Anzeigen, Vorstrafen und schließlich einen zweijährigen Gefängnis-Aufenthalt im Lauerhof eingetragen, denn er war jähzornig und unbeherrscht und schlug lieber zu, als lange zu reden. Geldnot war sein Dauerthema und so hörte er Helmut aufmerksam zu, als der ihm ein Treffen und die Aussicht auf einen Job anbot. „Klar komm ich, Chef", sagte er und Helmut nannte ihm Zeit und Ort für den nächsten Vormittag. Steffen rieb sich seine etwas verschobene Nase, ein Andenken an seine kurze Boxkarriere und holte sich ein paar Hanteln, unter deren Gewicht jeder Normalmensch zusammen gebrochen wäre und schwenkte sie unter den bewundernden Blicken besagter schwitzender Normalmenschen, als wären es Wattebäusche.

„Ich weiß wirklich nicht, wie ich das Geld auftreiben kann", jammerte Dr. Drachte. Fred sah ihn durchdringend an und dachte „Der macht sich wirklich Sorgen um Vera…" „Diese Kerle werden sie töten, wenn ich bis morgen kein Geld auftreibe. Fred sah aus dem Fenster. „Ich habe da so eine Idee", sagte er dann so, als wäre sie ihm eben gekommen. „Die Chinesen… Die sind doch so scharf auf die Patente. Sagen sie ihnen, ich würde mich weigern die Patente einfach so mit der Firma abzugeben, aber… Für fünfzehn Millionen bar auf den Tisch…" Drachte sah ihn groß an. „Das machen die nie!" sagte er dann bestimmt. Fred zuckte die Achseln. „Es sind Asiaten und Geschäftsleute. Die haben andere Regeln." Drachte rückte sich die Brille zurecht und dachte über Fred Kreienbooms ungeheuren Vorschlag nach. „Ich werde darüber nachdenken, aber ansonsten bleibt uns wohl nur die Polizei. Ich weiß auch nicht, wie diese Frau Hamann uns helfen kann. Sie sagt, die Geldübergabe wäre die einzige Chance an die Gangster heranzukommen…" Fred nickte. „Ich glaube auch nicht, dass diese Frau clever genug ist." Er stand auf und verabschiedete sich und ließ Drachte für eine sorgenvolle und schlaflose Nacht zurück. „Verdammt", sagte er leise, als er auf seine Armbanduhr sah. Er hatte Senta vollkommen vergessen. Er beschleunigte seinen Schritt, aber an seiner Wohnungstür haftete ein gelber „Post-it" Zettel auf dem nur ein Wort stand „Schade!"

Ellen hatte sich Material über die Firma besorgt. Handelsblatt Infos und alles, was das Internet hergab. Familienbesitz seit der Gründung durch den Schwiegervater Fred Kreienbooms. Stetiger Aufschwung durch innovative Entwicklungen und Großaufträge diverser Konzerne. Keine Arbeitskämpfe, weil sowohl der alte Herr als auch Kreienboom immer übertarifliche Löhne gezahlt hatten, um gutes Personal zu bekommen und zu halten… und jetzt diese Änderung durch das Zerwürfnis des Ehepaares und die Gefahr der Übernahme durch die Chinesen. Ellen konnte sich gut in die Gefühlswelt der Angestellten und Arbeiter hinein versetzen. Arbeitsplätze dieser Güte würden die meisten hier in der Gegend nicht wieder bekommen, aber würde einer der Leute so weit gehen, ein Verbrechen, die Entführung der Eigentümerin, zu begehen? „Unwahrscheinlich", dachte sie. Sie hatte das Talent, sich durch wenige Accessoirs, wie Kopftuch, Sonnenbrille, höhere Schuhe als sonst typmäßig ziemlich gut verändern zu können und folgte Fred Kreienboom einen Tag lang. Sie wartete vor dem Haus, in dem er wohnte in ihrem Mini, den sie heiß und innig liebte und der das einzige war, das ihr von ihrer Liaison mit Maschke geblieben war. Wenn sie daran dachte…

Als Fred herauskam, folgte sie ihm und blieb in den „Hanse-Stuben" im Hintergrund. Sie fragte einen der Kellner, ob er zufällig den Herrn kennen würde, der sich zu Fred setzte. „Klar, Helmut Klee, der Chef", sagte der. Ellen merkte sich den Namen und sah auch, dass Fred Kreienboom offensichtlich mit einer der Bardamen mehr als nur gut bekannt war. Als Fred nach Hause ging, fuhr auch sie nach Hause und durchsuchte das Internet nach diesem Helmut Klee und fand Interessantes heraus…

Die Unterredung mit Steffen Malchow führte Helmut Klee in einem etwas anderen Milieu als es die „Hanse-Stuben" darstellten. „Torwand" stand über der kleinen Kneipe in Marli, nicht weit von Steffens Behausung, einer kleinen Zwei Zimmer Wohnung in einem herunter gekommenen Stadthaus. Um die Eingangstür herum war ein Fußballtor auf die Wand gemalt und ein Neonschild wies darauf hin, dass es dort Fußball-Dauerberieselung durch einen darauf spezialisierten Privatsender gab, was Leute anzog, andere aber abstieß. Helmut hatte die Bar vor ein paar Jahren übernommen, war seither aber nicht mehr hier gewesen und war ein bisschen schockiert von dem, was er sah. Abgestoßenes Mobiliar, fleckiger klebriger Linolium-Fussboden, eine lustlos hinter dem Tresen hingeflezte Bedienung, deren bessere Tage sehr sehr weit zurück liegen mussten… Steffen saß im Hintergrund auf einem Stuhl, der seine schiere Masse nur mühsam zu tragen schien. Er hielt ein halbvolles Bierglas in der Hand und stierte auf einen Flachbild-

Fernseher an der Wand, auf dem ein Fussballspiel lief. Helmut trat heran und tippte Steffen an die Schulter, um seine Aufmerksamkeit zu erregen. Blitzschnell wie eine Viper schoss Steffen aus dem Stuhl und seine stahlharten Hände umschlossen Helmuts Handgelenke. „Ich bin´s, Helmut", krächzte er erschrocken und Steffen ließ ihn los. „Nichts für ungut, Chef", entschuldigte sich Steffen. „Habs nicht gern, wenn mich einer von hinten anfasst." „Hab ich gemerkt", sagte Helmut und massierte sich die Handgelenke, die sich anfühlten, als wären sie kurzzeitig in einem Schraubstock gewesen. Die Bedienung kam vorwurfsvoll guckend mit Eimer, Kehrblech, Lappen und Besen und räumte die Reste des zersplitterten Bierglases, das Steffen einfach fallen gelassen hatte. Sie schimpfte ein bisschen und Helmut bedeutete Steffen, ihn an einen Ecktisch zu begleiten. Er rief der Bedienung zu, sie solle mal aufhören zu maulen und ihnen lieber ein Bier bringen. „Ich will´s kurz machen, Steffen. Aber du hältst in jedem Fall die Schnauze, auch wenn du den Job nicht machen willst, ok?" „Klar, Chef", antwortete Steffen, der wusste, dass Helmut über einen langen Arm verfügte. „Die Sache ist die…", begann Helmut und Steffen hörte zu, wobei er sich etwas vorbeugte, um ja kein Wort zu verpassen. Die Bedienung kam und knallte zwei Biergläser auf den Tisch, was Helmut aber nicht beachtete. „Und, machst du`s?" fragte Helmut, als er geendet hatte. Steffen massierte sich das Kinn. „Wieviel?" fragte er dann die Fragen aller Fragen. „Fünfzig Riesen", sagte Helmut und Steffen hielt ihm seine riesige Pranke entgegen, die Helmut vorsichtig nahm. „Gemacht", sagte Steffen, für den Fünfzigtausend eine riesige Summe war und wenn alles gut lief, brauchte er ja fast nichts zu tun. „Ok ich ruf dich an", sagte Helmut, der angesichts des schmierigen Randes des Glases keinen Schluck getrunken hatte. Beim Aufstehen stieß er das Glas vom Tisch, dass klirrend zerbarst. Die Bedienung kam um ihren Tresen herum und wollte ihn beim Gehen aufhalten, aber er stieß sie zurück und Steffen grinste. „So ein Arschloch, brauchst gar nicht so zu grinsen", schimpfte die Bedienung aber Steffen rülpste und sagte. „Reg dich ab, Sarah, dem Typen gehört die Bude hier und wenn du ein bisschen Glück hast, hast du morgen noch deinen Job."

Eine etwas andere Atmosphäre herrschte bei der Unterredung, die Dr. Drachte mit Yeun Litang, dem Chefunterhändler des chinesischen Konzerns führte. Sie saßen sich im Frühstücksraum des Radisson Hotels nahe des Hostentores gegenüber, in dem die Chinesen wohnten. Yeun sprach ein fast fehlerfreies deutsch, dass er an der Shanghaier Universität gelernt hatte. Er tupfte sich sorgfältig mit einer Serviette den Mund ab, bevor er auf Drachtes Angebot antwortete. „Sie hatten uns doch versichert, dass dieser Herr Kreienboom unterschreiben wird. Sie verstehen… Ohne seine Patente ist die Firma für uns…, nun sagen wir uninteressant." Drachte nickte. „Ich weiß. Warum genau weiß ich auch nicht… Ich vermute, die private Auseinandersetzung mit seiner Frau hat damit zu tun. Er will sein Geld sichern." Yeun nickte. Auch er kannte Auseinandersetzungen mit Frauen, auch wenn in China die Dinge etwas anders abliefen. Er dachte nach. „Also gut", sagte er dann, aber nicht fünfzehn Millionen. Die ganze Firma ist ja nur dreißig wert. Ich bin bereit, ihnen, oder Herrn Kreienboom zehn Millionen sozusagen a Konto zu übergeben, wenn wir das Geschäft binnen einer Woche unter Dach und Fach haben." Drachte, der nicht damit gerechnet hatte überhaupt etwas bei Yeun zu erreichen, weil er nicht wusste, dass derartige Vorwegzahlungen im Geschäftsbereich Gang und gäbe waren, war erleichtert und trank einen Schluck Kaffee. „Danke, Herr Yeun. Ich werde gleich mit Herrn Kreienboom reden." Sie verabschiedeten sich und Yeun nahm sein Handy und wählte eine Nummer in Shanghai.

„Zehn Millionen?" sagte Fred wenig später. „Wir hatten doch fünfzehn gesagt…". „Mehr kann er vorweg nicht zahlen", antwortete Drachte. Er telefonierte mit Kreienboom, der noch im Bett lag und die Hand auf Sentas Po hatte. Sie war nach seinem Anruf und Entschuldigung doch noch zu ihm gekommen. Senta hörte gespannt zu. Da ging es scheinbar um Summen, die sie sich nicht vorstellen konnte.   Als Fred sein Handy weg legte, drehte sie sich so, dass seine Hand nun auf ihrer Scham zu liegen kam und er reagierte wunschgemäß.

Ellens Recherche zeigte ein Bild von der Karriere Helmut Klees. Seine Herkunft blieb im Dunkeln, aber es gab alte Artikel über seine Verwicklung in Bandenkriege und dubiose Geschäfte während der Goldgräberzeit der Wiedervereinigung. Damals war sein Wirkungsbereich Berlin gewesen. Dann tauchte Lübeck in den Veröffentlichungen auf. Eine Restaurant-Eröffnung hier, eine neue Bar da… Ellen staunte über die Vielfalt der Geschäfte dieses Herrn Klee. Über eine Verbindung mit Kreienboom fand sie nichts. Aber die Frühzeit

Klees in Berlin fand sie interessant und scrollte ihren Bildschirm wieder nach oben. „Der würde ins Bild passen…", dachte sie.

Iris hatte nicht viel hausfrauliches Talent und kochen gehörte im Besonderen nicht dazu. Deshalb gab es Ravioli aus der Dose. Der kleine Gaskocher auf dem Boot hätte für sehr viel mehr auch nicht ausgereicht. Als sie den Inhalt des Topfes für warm genug befand, verteilte sie ihn auf zwei Teller und brachte einen davon nach vorn. „Gibt was zu essen", rief sie Vera durch die geschlossene Tür zu. Sie öffnete das kleine Bullauge, aber der Teller passte nicht hindurch. „Mist", sagte Iris. Vera sah sie hasserfüllt an. „Lassen sie mich sofort frei", sagte sie in scharfem befehlsgewohnten Ton. „Dafür kriegen sie lebenslänglich!" Iris lief ein kleiner Schauer über den Rücken. Was, wenn die Frau Recht hatte? Aber sie war Fatalistin genug, um sich zu sagen, dass sie nun ohnehin nicht mehr ungeschoren aus dieser Nummer kommen konnte. „Legen sie sich auf den Bauch ins Bett. Ich schiebe ihnen dann das Essen durch die Tür." Vera dachte erst daran, das Essen zu verweigern, aber sie hatte Hunger und… Langsam führte sie den Befehl aus und Iris schloss schnell die Tür auf, schob den Teller durch einen ausreichend großen Spalt und schloss schnell wieder ab. Sie blieb noch vor der Tür stehen und sah durch das kleine Fenster zu, wie Vera sich den Teller Ravioli holte, sich wieder aufs Bett setzte und aß. Vera hatte zuerst angewidert auf das Essen gestarrt, dann aber überrascht festgestellt, dass es schmeckte. Ravioli hatten in ihrer Kindheit zu ihren Leibspeisen gehört. „Ich habe Durst", sagte sie und Iris reichte ihr ein Glas Wasser durch das Bullauge. „Haben sie nichts anderes?" maulte Vera und Iris, die gern Wein trank und deshalb das Boot mit ausreichend Rotwein versorgt hatte, goss ein Glas „Blauer

Zweigelt", den sie so gern trank und der preiswert beim Discounter erhältlich war ein und gab ihn Vera, die zwar andere Vorstellungen von Rotwein hatte, nun aber damit Vorlieb nehmen musste. Sie überlegte, wie sie künftige Essensübergaben oder ähnliches zu einer Befreiungs-Aktion nutzen konnte... Sie wollte Iris noch ein wenig in ein Gespräch verwickeln, aber die hatte nun auch Hunger, schloss das Bullauge und nahm ihren Teller Ravioli und Wein mit an Deck, wo sie es sich bequem machte. Leichter Wellengang ließ das Boot schaukeln und um die Ankerkette drehen, so dass die malerische Szenerie sich sozusagen um sie bewegte. Iris kannte und liebte das Bootsleben schon seit vielen Jahren. Sie war oft im Mittelmeer auf Charterbooten gefahren. Erst — mühsam zusammengespart- als Passagier, dann als Crew. Sie dachte an die mitunter auch stürmischen Begegnungen mit durchweg interessanten Menschen, an bestimmte Situationen... Sturm, Wassereinbruch, Maschinenschäden und... an die plötzlich in Dubrovnik an Bord stürmende Ehefrau eines Mitseglers, der sie buchstäblich an den Haaren von ihrem Mann gerissen hatte. Iris musste grinsen, wenn sie daran zurück dachte, auch wenn das damals ziemlich schmerzhaft gewesen war. Eigentlich wünschte sie sich ein bürgerliches Leben, wie sie es früher – mein Gott, es lag ja erst zehn Jahre zurück – gegeben hatte. Ehemann, zwei Kinder, die nun flügge waren, ein schönes Haus mit Garten, einen sicheren Job...

Sie schüttelte den Kopf, aß den letzten Ravioli, der nun kalt war und trank ein halbes Glas Rotwein. Hier saß sie nun, eine Entführerin, der im schlechtesten Fall eine langjährige Haftstrafe, im günstigsten ein neues Leben auf Mallorca mit wahrscheinlich irgendetwas dazwischen winkte. Gescheitert in Allem... Nein, so sah sie das nicht. Ihr Leben hatte sich geändert, aber es war eigentlich schön und interessant. Wenn nur nicht die ständige Sorge ums Geld da wäre, aber das änderte sie ja gerade und dann...

Sie holte sich noch ein Glas Wein und dachte an die kleine Bucht von Santanyi im Süden Mallorcas, die ihre neue Heimat werden würde.

Dr. Drachte hatte wieder einmal sehr schlecht geschlafen. Entgegen seiner Ankündigung hatte der Entführer am Abend nicht mehr angerufen und er überlegte, was das für das Leben seiner Mandantin bedeutete. War sie vielleicht schon getötet worden? Er nahm sich vor, beim nächsten Telefonat ein Lebenszeichen Veras zu verlangen. Immerhin hatte gleich am Morgen Yuen Litang angerufen und ihm gesagt, dass sein Unternehmen bereit sei, die zehn Millionen in bar zu zahlen, allerdings nur gegen einen von der Eigentümerin, also Vera Kreienboom und Fred Kreienboom als Inhaber der Patente unterzeichneten bindenden Vorvertrag. Dies wiederum machte Drachte nun Sorge, denn wie sollte er die Unterschrift der Entführten beibringen? Zögernd ergriff er das Telefon und rief Fred Kreienboom an.

Fred fluchte leise vor sich hin. Auch ihm hätte klar sein müssen, dass die Chinesen nicht einfach so eine derartige Summe hinblättern würden. Er saß auf der Bettkante und starrte sein Handy an mit dem er eben mit Dr. Drachte gesprochen hatte. Senta war auch wach geworden und sah ihn an. „Wer war das denn so früh?" nuschelte sie. Ihre rot gefärbten Haare, von denen etliche bereits grau gewesen wären, wenn sie Senta gelassen hätte, breiteten sich auf dem zerknüllten Kissen aus. „Ach, nur Geschäfte", antwortete Fred und stand entschlossen auf. „Ich mach mal Kaffee", sagte er und schlurfte nackt in die Küche. Die gewohnten Handgriffe, mit denen er die Kaffeemaschine befüllte, gingen mechanisch von der Hand und er dachte nach. Ein kräftiges Blubbern zeigte dann an, dass der Kaffee fertig war und er goss die heiße Flüssigkeit in zwei Becher, fügte für Senta etwas Dosenmilch hinzu und kehrte zum Bett zurück, wo sie mittlerweile die Kissen aufgeschüttelt hatte und sich sitzend, die Decke hochgezogen, an die Wand gelehnt hatte. Er reichte ihr ihren Becher. „Danke Schatz", sagte sie und bereute das „Schatz" sofort, denn sie waren ja nur gelegentliche Bettgenossen, wenngleich sie sich „mehr" wünschte. Fred schien das nicht bemerkt zu haben. Offensichtlich war er noch in Gedanken wegen des Telefonats. Er setzte sich dicht neben sie, denn es war noch ziemlich kühl und er war ja nackt. Sie tranken in kleinen Schlucken und schwiegen und dann bemerkte er, wie ihre freie Hand begann, ihn zu streicheln. Erst leicht und langsam über seine Oberschenkel, dann zielgerichteter über seinen Bauch und von da wieder nach unten. Er erschauerte und dann hatte sie ihr Ziel erreicht und rieb langsam über seinen Penis, der sich das nicht zweimal sagen ließ und sich gehorsam aufrichtete. Fred nahm Senta ihren Becher aus der anderen Hand, die sich sofort an die Unterstützung ihrer Artgenossin machte. Fred, der seinen Becher ebenfalls weggestellt hatte, rutschte ein wenig tiefer, schloss die Augen und genoss die Liebkosung seines Zentralorgans... Senta war in diesen Dingen erfahren und nach den Händen war es ihr Mund, der ihm leichte elektrische Stöße durch den Körper jagte. Dann rutschte sie in einer fließenden Bewegung auf ihn und sein bereits in höchster Erregung befindlicher Penis glitt in ihre warme Feuchte, die ihn umfing und

83

nachdem sie sich zu bewegen anfing, dauerte es nicht lange bis er zu einem gewaltigen Höhepunkt kam, der auch sie mit riss...

Iris hatte Frühstück zubereitet. Ungetoastete Weißbrotscheiben mit Fleischsalat und Käse. Dazu Aufguss-Kaffee und Vera nahm das ihr zugedachte schweigend durch das Bullauge. Iris hatte auch keine gute Laune. Eine gleichmäßig graue Wolkendecke hing über dem Wasser und kalt war ihr auch. Sie hatte eigentlich beschlossen, sich nicht mit ihrer Gefangenen zu unterhalten, aber nun tat sie es doch und Vera witterte schnell ihre Chance, ihre Wärterin zu verunsichern und so eventuell ihre Freilassung zu erreichen. Iris lehnte an der verschlossenen Tür hinter der Vera auf dem Bett lag und angewidert kleine Schlucke des Pulverkaffees trank. „Wer steckt eigentlich hinter dieser Entführung? Das ist doch nicht auf ihrem Mist gewachsen...“ Iris lachte heiser auf. „Ich? Ich bin nur hier, weil ich was von Booten verstehe. Sie sind mir... Mit Verlaub, völlig egal.“ Vera schwieg eine Weile. Sie zerbrach sich schon die ganze Zeit den Kopf, wer wohl hinter dieser Sache steckte. „Was kriegen sie dafür?“, probierte sie es. „Ich zahle ihnen das Doppelte, wenn sie mich frei lassen...“ Iris straffte sich mit einem Ruck. Zweihunderttausend... Dann dachte sie an Helmut Klee und was der dann wohl mit ihr machen würde. „Noch Kaffee?“ fragte sie und Vera stand auf und reichte den Becher durch das kleine Fenster. „Ja bitte“, sagte sie, auch wenn sie dieses Getränk abscheulich fand, aber sie würde weiter versuchen, ihre Entführerin zu verunsichern und dazu brauchte sie jeden möglichen Kontakt. Iris dagegen fühlte sich zunehmend unwohl in Veras Nähe. Sie reichte ihr noch etwas Kaffee durchs Bullauge und knallte es dann zu. Mit ihrem eigenen Becher stieg sie ins Cockpit und zog ihre Jacke enger um sich. Plötzlich gewahrte sie ein kleines Fischerboot, das ganz in ihrer Nähe lag. Ein älterer Fischer nahm eine Reuse aus und schien sie nicht zu beachten. Erst als er mit seiner Arbeit fertig war sah er auf und bemerkte die Frau auf dem ankernden Motorboot. Er winkte mit einem Fisch und rief „Will du Fisk?" Iris, die zwar gern Fisch aß, aber sich schon bei dem Gedanken an das Ausnehmen fast übergeben musste, winkte ab. „Nein, Danke!" rief sie und war froh, als das Boot Fahrt aufnahm und in Richtung Festland verschwand.

„Zehn Millionen… Fünfzehn haben wir gesagt. Was denkt sich dieser blöde Anwalt?" Helmut Klee schrie es fast und Fred sah ihn beunruhigt an. So kannte er seinen alten Freund nicht. Andere wussten, wie jähzornig Helmut werden konnte… er hatte es bisher noch nicht erlebt. „Die Chinesen zahlen nun mal nicht mehr und ich finde, wir haben Glück, dass sie das überhaupt tun", antwortete er beschwichtigend. „Ach Quatsch", legte Helmut nach. „Den Rest muss die Firma doch auf der Bank haben…" Fred nickte. „Aber dann ist die Katze aus dem Sack, weil das über die Buchhaltung gehen muss. Bisher weiß außer Drachte niemand, dass Vera überhaupt entführt wurde…". Helmut grummelte noch ein bisschen. Er dachte an das Hotel in Bad Doberan, für das er die Siebeneinhalb Millionen eingeplant hatte. „Aber dann muss das jetzt

Ruckzuck gehen, sonst geht doch noch was schief", sagte er. „Die Chinesen verlangen einen Vertrag mit Veras Unterschrift", wandte Fred ein. „Das ist eure Sache", sagte Helmut. „Ich will heute Abend das Geld sehen. Außerdem wird uns diese Iris vielleicht nervös." Auch Fred war bei dem Gedanken, dass sie ziemlich von Iris Nervenstärke abhingen, nicht ganz wohl zumute. „Ok. Ich geh jetzt gleich zu Drachte und wir sehen, wie wir das drehen. Gib mir eine Stunde Zeit, dann rufst du an, während ich da bin." Sie verabschiedeten sich und Fred ging Gedankenvoll in Richtung des Büros des Anwalts.

„Herr Kreienboom? Gibt´s was Neues?" Er sah auf. Diese Detektivin – Ellen Hamann- stand vor ihm. „Guten Tag, Frau Hamann…nein, aber die Entführer machen Druck." Sie nickte. „Werden sie das Geld zahlen?" fragte sie. „Natürlich", antwortete er. „Ich bin gerade auf dem Weg zu Dr. Drachte, um das zu organisieren." Sie nickte. „Ich begleite sie. War auch gerade auf dem Weg dorthin. Die Übergabe ist so ziemlich die einzige Chance, an die Täter heranzukommen." Fred winkte ab. „Die Täter sind mir scheißegal. Hauptsache, Vera kommt frei." Ellen nickte. Als Polizistin hätte sie jetzt widersprochen, aber als Ermittlerin… Trotzdem sagte sie „Vielleicht sollten sie doch lieber die Polizei einschalten." Fred wandte sich ihr zu. „Hören sie, Drachte hat sie, wozu auch immer, engagiert. Der Entführer hat gesagt „Keine Polizei" und so machen wir das. Verstanden?" Ellen mochte es gar nicht, wenn jemand in dieser Weise mit ihr sprach und verkniff sich eine Antwort. Wortlos gingen sie nebeneinander die paar Schritte bis in die Mengstraße, wo Dr. Drachte sie schon erwartete. Fred nahm den Anwalt beiseite. „Ich muss sie ohne die da", er wies auf Ellen, sprechen." Drachte nickte. „Warten sie bitte hier. Wir haben noch etwas unter vier Augen zu besprechen. Dort steht Kaffee." Er wies auf eine Kommode, auf der Thermoskanne und Tassen bereitstanden. Ellen nahm sich eine Tasse und setzte sich ins Wartezimmer. Fred sah auf die Uhr. Noch eine viertel Stunde bis Helmut anrufen würde. Nicht schlecht, dass diese Detektivin dann da wäre. Wenn Helmut genug Druck machte... Drachte kam sofort auf den Punkt. Er nahm ein Schriftstück von seinem Schreibtisch auf und reichte es Fred herüber. „Das ist der Vorvertrag mit den Chinesen. Wenn er von ihnen und... ihrer Frau unterzeichnet ist, kann ich ihn selbst beurkunden und dann zahlen sie, aber... ich weiß nicht, wie wir an die Unterschrift ihrer Frau kommen sollen. „Kugelschreiber...", verlangte Fred. Dann zog er unter den geweiteten Augen Drachtes ein leeres Blatt Papier heran und   malte zur Übung schwungvoll Veras Unterschrift ungefähr zehnmal darauf, nahm dann den Vertrag, und setzte dort ebenfalls ihre Unterschrift darauf. „Aber...aber das dürfen sie nicht", stammelte Drachte, dem so etwas in seiner Karriere als Rechtsanwalt und Notar noch nie unter gekommen war. „Wir haben das für den Notfall, wenn einer von uns nicht da ist abgemacht, Vera und ich. Gegenseitig unsere Unterschrift geübt. Wenn ein Paket abgegeben wird, oder sonst was... machen alle so." grinste Fred und Drachte, dem nicht bekannt war, dass das alle so machten sagte „Aber das ist... Betrug!" „Was wollen sie?", fragte Fred jetzt. „Wenn wir das Geld nicht bekommen, stirbt Vera. Meinen sie, da macht es etwas aus, wenn ich   ihre Unterschrift, sagen wir, vorstrecke? Meinen sie nicht, dass sie das sicherlich besser findet als tot zu sein?" Zögernd nahm Drachte den Vertrag an sich, suchte in einer Akte ein Schriftstück mit der Originalunterschrift Veras und musste mit Erstaunen zugeben, dass da fast kein Unterschied sichtbar war. Mit spitzen Fingern nahm er den Vertrag. „Mir wäre lieber gewesen, ich

hätte das nicht mit angesehen", sagte er. „Ich mache mich strafbar..."
In diesem Moment klingelte Drachtes Handy. Er nahm das Gespräch an
und seine Augen weiteten sich. Hektisch bedeutete er Fred, Ellen
hereinzuholen, was der auch tat. „Wir chabben jetzt genug Geduld
gechabbt", schnarrte Helmut am anderen Ende des Gesprächs. Heuta
Abbend sie zahlen, oder..." „Ellen hatte sich dicht an Drachte gedrängt
und er nahm das Handy etwas vom Ohr, damit sie mithören konnte.
Fred sah gespannt zu. „Hören sie", sagte Drachte, bitte tun sie meiner
Mandantin nichts. Leider konnten wir nur zehn Millionen..." „Wassss!",
schrie Helmut scheinbar aufgebracht ins Handy. „Fünzehn, sonst todd!"
„Ich kann nicht mehr auftreiben, schrie Drachte nun ebenfalls." Am
anderen Ende blieb es einen Moment ruhig und Drachte fürchtete
schon, dass der Entführer aufgelegt hatte. „Also gutt", knurrte Helmut.
„Wir überrrrlegen. Ich rufe an, bald." „Stopp, nicht auflegen", sagte
Drachte. „Wir wollen ein Lebenszeichen von Frau Kreienboom. Etwas,
was uns überzeugt, dass sie sie haben..." Es knackte, und zeigte an, dass
Helmut das Gespräch beendet hatte. „Scheiße", sagte Fred und sah
Drachte entgeistert an. „Wie kamen sie jetzt darauf, das mit dem
Lebenszeichen?" Drachte zuckte die Schultern. „Das machen die doch
im Krimi auch immer so...", sagte er und sah Ellen hilfesuchend an. „Das
ist eben der Unterschied zwischen Krimi und der Wirklichkeit",
antwortete Ellen. „Sie hätten das vorher mit Herrn Kreienboom und mir
besprechen sollen. Andererseits... Sie haben ja tatsächlich seit drei
Tagen nichts persönliches mehr von Frau Kreienboom gehört und die
Wahrscheinlichkeit, dass sie überhaupt noch lebt ist vielleicht...
Fifty/fifty." „Was?" schrie Drachte. „Wieso das denn..." Ellen ging ein
Stück zur Seite und sah aus dem Fenster. „Anders als im Krimi wird bei
echten Entführungen das Opfer meistens sofort umgebracht, weil es

sehr schwierig ist, jemanden sicher zu verstecken und zu bewachen. Irgend Jemandem fällt immer irgendwas auf." „Gottogottogott..." stammelte Drachte. Dann richtete er sich auf. „Wir müssen jetzt doch die Polizei einschalten. Wenn Frau Hamann sagt, dass Vera schon tot ist..." „Das ist nur die Theorie", beschwichtigte Ellen. „Jeder Fall ist anders. Amateure töten ihre Opfer eher als Profis und dieser....", sie wies auf das Handy „Ist Profi und Frau Kreienbooms Chancen sind höher" „Wirklich?" fragte Fred und sie nickte, vollkommen von Helmuts Hörspielkunst überzeugt. „So oder so wird das jetzt schnell gehen", sagte Ellen. „War vielleicht nicht so schlecht, die Sache mit dem Lebenszeichen, aber dann müssen sie damit rechnen, dass die Entführer sehr schnell das Geld wollen. Haben sie es?" „Praktisch ja", sagte Dr. Drachte, noch ein bisschen verunsichert. „Muss es nur noch abholen...sozusagen." „Dann tun sie das", riet Ellen. „Rufen sie mich sofort an, wenn sie das... Lebenszeichen haben." Sie verabschiedete sich und Fred sah ihr nach. „Sie Idiot", sagte er dann zu Drachte. Das mit dem Lebenszeichen war nicht abgemacht." Er überlegte, wie Helmut nun wohl zumute war und wie er die Situation meistern würde.

Helmut Klee meisterte die Situation, indem er Steffen Malchow in Marsch setzte. „Ernsthaft, Chef?" fragte Steffen nach und Helmut knurrte „Ja. Nimm dir ne Tupperdose mit und beeil dich."

Steffen Malchow war froh, ein Navigations-Gerät in seinem Golf zu haben. Er fuhr den Informationen nach, die die Computerstimme ihm gab. Zur A7, die er bei Neumünster erreichte, über die Grenze, an der ein gelangweilter dänischer Beamter ihn durchwinkte, denn er sah nicht wie einer aus, der im Königreich Asyl haben wollte, weiter durch Jütlands liebliche Landschaft, an Kolding vorbei, wo er an einem Imbiss einen echten dänischen HotDog mit viel Zwiebeln und rot gefärbtem Würstchen aß. Von dort über die Brücke nach Fünen und wieder nach Süden über eine gut ausgebaute Landstraße, die ihn über eine kleine Brücke auf die Insel Helnaes brachte. Helmut Klee hatte ihm die Stelle, wo Iris die Motoryacht verankert hatte ziemlich genau beschrieben. Er hatte Fred Kreienboom danach gefragt, der ihm arglos Auskunft gegeben hatte. Es führte nur diese eine Straße auf die Insel, die das Festland mit der einzigen kleinen Ortschaft verband, die im Süden der Insel gelegen war. Sie war so schmal, dass Steffen fluchend zurücksetzen musste, als ein Traktor ihm entgegen kam. Kurz nach passieren der Brücke parkte er den Wagen in einer kleinen Einbuchtung, die zu einem Waldweg führte. Er stieg aus und folgte dem Weg durch den kleinen Wald und nach kurzer Zeit sah er bereits das Wasser der Bucht vor sich. Es war ein kleines Steilufer, vielleicht fünf Meter hoch, auf dem er stehen blieb und fast sofort das von Helmut beschriebene Motorboot sah. Vielleicht zweihundert Meter zu seiner linken. Steffen brummte zufrieden und ging am Ufer entlang auf das Boot zu.

Iris war langweilig. Sie hatte ihr Buch schneller durchgelesen, als sie gedacht hatte. Außerdem war sie unruhig. Immer wieder sah sie auf ihr Handy. Heute sollte die Sache doch beendet sein... Immerhin schien die Sonne wieder und sie konnte sich sonnen. Sie cremte sich ihren Oberkörper ein – hier in dieser Einsamkeit trug sie nur ihr Bikini-Höschen – und legte sich wieder auf das Polster der Cockpitbank. „Iris?" sagte eine Männerstimme und sie schrak hoch. Zuerst konnte sie, bis ihre Augen sich fokusiert hatten, nicht richtig sehen, dann sah sie den Mann, einen ungewöhnlich großen, kräftigen Mann, am Ufer stehen. „Wer sind sie?" fragte sie heiser, während sie sich aufrichtete und ihr T-Shirt, das in einem Knäuel neben ihr gelegen hatte vor ihren Busen drückte. „Polizei..." sagte der Mann und lachte, als Iris vor Schreck ihr Shirt fallen ließ. Steffen liebte solche Scherze und betrachtete anerkennend ihren Busen. „Nein, keine Angst", sagte er dann. „Herr Klee schickt mich. Wie komm ich an Bord?" Iris fasste sich, raffte ihr Shirt an sich und streifte es über. „Ich hol sie ab", sagte sie und löste den Knoten, mit dem sie das kleine Gummiboot an der Heckreling befestigt hatte. Steffen betrachtete sie, wie sie geschickt die dreißig Meter zu ihm ruderte und überlegte, ob sie vielleicht... Aber Helmut hatte ihn zur Eile gemahnt. Iris ließ das Boot auf den Kies auflaufen und wandte sich um. „Wer sind sie?" fragte sie wieder. „Tut nichts zur Sache, Schätzchen", knurrte Steffen. „Muss nur was mit der Frau...", er wies zur Yacht hinüber „regeln. Dann bin ich wieder weg." „Aber...", stammelte Iris. „Ich dachte, das ist heute vorbei hier. War abgemacht." Steffen grinste. „Läuft nicht immer so, wie gedacht, aber ich denke, morgen ist Zahltag, wenn ich zurück bin, werden die sich sputen." Steffen quetschte sich in das kleine Gummiboot, dessen Wülste fast bis an die Kante ins Wasser eintauchten, als Steffens Gewicht auf dem

Boden saß. „Scheiße", sagte er, als ein bisschen Wasser überkam und seine Hosen nass machte. Iris sah ihn immer noch unsicher an. „Los jetzt, Kleine. Hab´s eilig." Iris ruderte zur Yacht zurück und befestigte die Leine, dann stieg sie auf die Badeplattform. Steffen rutschte unsicher über den Boden des Gummibootes, dann stand auch er auf dem relativ stabilen Heck der Yacht. „Kaffee?" fragte Iris und Steffen nickte. Iris ging nach unten und Steffen nahm ihr Handtuch von der Bank und versuchte, seine feuchte Hose zu trocknen. „Hol mal den Verbandskasten raus", rief Steffen von oben und Iris dachte, dass er sich vielleicht verletzt hatte. Aus einem der Schränke nahm sie den roten Kasten und wollte ihn hochreichen. „Ne, lass mal da liegen", sagte er und Iris wunderte sich. Sie tranken schweigend ihren Kaffee und Iris bewunderte die schwellenden Muskeln an Steffens Arm, wenn er den Becher anhob. „Was wollen sie denn hier?" fragte sie und er grinste. Dann erhob er sich und stellte den leeren Becher ab. „Mist", fiel ihm ein, als er an die Tupperdose dachte, die er auf dem Beifahrersitz des Golfs vergessen hatte. „Hast du so ´ne Plastikdose?" fragte er Iris, die nun etwas unruhig wurde. „Wieso…? Im Kühlschrank, aber da ist Wurst drin." „Bleib hier oben", befahl er und stieg die Treppe ins Bootsinnere hinab. Iris wollte wiedersprechen, aber sein Blick ließ sie erschauern und sie setzte sich auf die Bank. Sie hörte, wie Steffen den Kühlschrank öffnete und einige Schubladen aufzog und wieder zuknallte, dann , wie er die Tür zum Vorschiff aufschloss und Veras Stimme die „Was wollen sie von mir!" kreischte. Dann ein Moment der Stille und dann ein langgezogener Schrei von ihr, der in einem Wimmern endete…Eine Weile wieder Stille, dann wurde die Tür zum Vorschiff verschlossen und Steffen erschien. In der Hand trug er die kleine Dose, die bis eben noch Leberwurst beherbergt hatte und in der nun etwas Blutiges lag. „Rüber rudern", knurrte er und Iris gehorchte zitternd. „Was haben sie getan. Das war nicht abgemacht…", aber Steffen antwortete nicht. Er wusch seine Hand, auf der Blutspritzer waren im Wasser und sprang aus dem Gummiboot, als Iris den Strand erreichte. „Sie Mörder" kreischte Iris jetzt und Steffen trat auf sie zu und gab ihr eine gewaltige Ohrfeige, so dass sie ins seichte Wasser stürzte. „Schnauze", knurrte er. „Hab erst mal nur was drum gewickelt. Verbinde die Alte… Und schrei hier nicht so rum." Er nahm die Dose auf und ging und Iris sah ihm nach. Angst überkam sie vor dem, was sie in der Vorschiffkabine vorfinden würde und sie ruderte schnell zur Yacht und lief unter Deck. Jetzt war es ihr egal, ob Vera sie sehen würde… Die lag auf dem Bett und wimmerte. Sie drückte ihre linke Hand auf den Verband, den Steffen grob auf die Stelle gedrückt hatte, wo sie bis eben noch ein Ohr gehabt hatte. Es blutete noch ziemlich stark und Iris musste mit sanfter Gewalt Veras Hand lösen, um den durchbluteten Verband lösen zu können. „Das wollte ich nicht…das müssen sie mir glauben", stammelte sie dabei unablässig. Der Verbandskasten, den Steffen geöffnet auf dem Bett liegen gelassen hatte enthielt Jod und Pflaster und genügend Binden und Iris erinnerte sich an die lange zurückliegenden zwei Monate in ihrer Jugend, die sie als Schwesternschülerin in einem Krankenhaus verbracht hatte, bevor sie die Lehre abbrach, weil sie den Beruf als zu schwer erachtete. Vera war geschockt und klammerte sich an Iris, die sich frei machen musste, um ihren Verband fertig stellen zu können. „So, dass sollte erst mal reichen", sagte sie dann. Am unteren Rand blutete der Verband schon wieder durch, aber das war nicht zu ändern. Vera saß nun mit angezogenen Beinen schluchzend auf dem Bett und Iris holte ihr ein Glas von dem Cognac aus den Vorräten des Bootseigners.

Steffen Malchow hatte für gewöhnlich die Mentalität des sprichwörtlichen Fleischerhundes und es wunderte ihn selbst ein bisschen, dass er Gewissensbisse bekam, wenn er auf die Plastikdose schaute, die da neben ihm auf dem Beifahrersitz lag. Durch den transparenten Deckel sah er das Ohr, in dessen Läppchen ein Brillantring stak, jetzt von geronnenem dunklen Blut am glitzern gehindert. Steffen beugte sich hinüber und schob die Dose unter den Sitz. Danach ging es ihm sofort besser. RSH reichte bis hierher und er pfiff falsch aber laut die Hits mit, die den Großteil des Programms ausmachten. Die dänischen Grenzer interessierten sich nicht für Autos, die ihr Land verließen und auf deutscher Seite gab es keine Kontrollen. Drei Stunden später übergab er Helmut Klee die Tupperdose, die dieser mit spitzen Fingern und leichtem Schaudern entgegen nahm. „Hättest wenigstens was rumwickeln können", sagte er und Steffen zuckte die Schultern. „Wie geht's da so auf dem Boot?" fragte Helmut und Steffen antwortete „Tja, wohl ganz gut…, aber für die Frau, die da Wache schiebt… Für die würde ich nicht garantieren. Die ist schon ganz fickrig, dass die Sache bald ein Ende hat." Helmut nickte. „Ja, muss jetzt mal schnell gehen, sonst läuft da noch was aus dem Ruder." Er verabschiedete Steffen. „Halt dich bereit, falls ich dich schnell brauche." „Geht klar, Chef", sagte Steffen und machte sich auf den Weg in die „Torwand".

Iris wuchs die Sache nun endgültig über den Kopf. Vera schien starke Schmerzen zu haben und Iris sah besorgt, dass sie nur eine Schachtel Ibuprofen hatte. Immerhin hatte sie die Blutung gestoppt und Vera war – nach drei großen Cognac und vier Tabletten – in einen unruhigen Schlaf gefallen. Iris hatte ein Glas Wein mit nach oben genommen und trank ihn in kleinen Schlucken, was ihr aber angesichts der Situation keine Freude bereitete. Schließlich hatte sie eine Idee und holte ihr Handy.

Micha Sauer meldete sich nach einigem Klingeln. Er saß, wie oft an sonnigen Nachmittagen, auf der Terrasse bei Gosch und genoss ein kühles Glas Grauburgunder und das Vorbeiströmen der Menge. Das Klingeln hatte er überhört, aber zusätzlich vibrierte das Gerät in seiner Hosentasche und er nahm das Gespräch an, musste aber, da der Empfang hier nicht so gut war, aufstehen und ein paar Schritte zur Seite gehen. „Hallo Iris", sagte er überrascht und erfreut, dass sie ihn anrief. „Lange nichts von dir gesehen. Wie geht's"?   „Hallo Micha… Nicht so gut gerade. Sag mal…. Du kennst doch diese ehemalige Polizistin, die bei der Versicherung arbeitet. Ellen sowieso, heißt die, glaub ich…" „Ja, die kenn ich gut, weißt du doch", antwortete Micha. „Ist was passiert?" „Ich…, ja ich brauch mal ihre Nummer. Hast du die?" „Klar", sagte Micha. „Ich schick sie dir per Whats App. Kann ich dir irgendwie helfen?" „Ne lass mal, nur die Nummer. Wir sehen uns." Iris legte auf und Micha setzte sich stirnrunzelnd an seinen Tisch und trank einen großen Schluck Wein. „Was da wohl los ist…" dachte er, suchte Ellens Nummer die er, trotzdem er sie oft gewählt, nie auswendig gelernt hatte und schickte sie auf Iris Handy. Dann holte er sich ein frisches Glas Wein und dachte an die kurze Zeit, die er mit Ellen verbracht hatte. Es waren schöne Gedanken, aber dann kamen Bekannte vorbei, die sich mit großem Hallo an den Tisch setzten und Micha vergaß Iris Anruf, Ellen und die Vergangenheit, um den Moment zu genießen.

Ellen saß zur selben Zeit in Travemünde –ebenfalls mit einem Glas Wein – am Pegelhäuschen. Sie hatte eine der kleinen Bänke, die den Kiosk umgaben erobert und sah nun auf die unzähligen vorbeigleitenden Segelboote, die die Trave befuhren. Ab und zu kam auch eines der riesigen Fährschiffe vorbei, die auf ihrem Weg zu oder vom Skandinavienkai hier vorbei mussten. Das Pegelhäuschen war seit langem ihr Lieblingsplatz in Travemünde. Direkt am Ufer gelegen und ständig belagert von allen, die jemals hier gewesen waren oder es neu für sich entdeckten. Ellen war ein bisschen aufgeregt, denn heute war sie hier mit Rolf Riedel verabredet, den sie seit ihrem Abenteuer auf dem Kreuzfahrtschiff nicht mehr gesehen hatte. Riedel wohnte ja mit seiner Frau Sunny hier in Travemünde und hatte, da er gerade keinen Auftrag hatte, sofort zugestimmt, als Ellen ihn anrief und ein Treffen anregte. Sunny und er liebten das Pegelhäuschen ebenfalls und die Holzplanken bebten ein bisschen als der große Rolf um die Ecke kam. „Ellen, schön, dass wir uns endlich mal wieder sehen", sagte er und schob Sunny nach vorn, um sie vorzustellen. „Das ist Sunny, meine Frau", sagte er und die Frauen gaben sich, sich vorsichtig taxierend, die Hand. Sunny nahm neben Ellen Platz und Rolf holte sich einen Stuhl, den er an das kleine Tischchen quetschte. „Ich hol erst mal was zu trinken.", sagte er. „Was möchtest du, Schatz?" fragte er seine Frau. „Einen Aperol", sagte Sunny. Rolf nickte. „Und du?" fragte er Ellen. Die deutete auf ihr Glas. „Gerne noch einen Pinot Grigio." Rolf nickte und ging an die, zur Straße gelegenen Verkaufsklappe. „Rolf hat mir die Geschichte vom Schiff erzählt", sagte Sunny. „Jetzt ist er also unser gemeinsamer Lebensretter. Furchtbare Geschichte." Ellen nickte. „Ja, ich hatte so ein Glück, dass er da war." Rolf erschien mit den Gläsern für die Frauen in der einen, und einem großen Glas Bier für sich selbst in der anderen Hand. „Was für ein tolles Wetter", sagte er. „Prost, die Damen." Er nahm einen langen Schluck und wischte sich ein bisschen Schaum aus dem Mundwinkel. „Schon schön, hier zu leben", sagte er. „Gerade keinen Auftrag?" fragte Ellen und Sunny antwortete statt Rolf. „Ich habe Urlaub und da habe ich drauf bestanden, dass er nichts annimmt." Rolf grinste. „Der Vorteil, wenn man sozusagen freiberuflich tätig ist. Und bei dir? Neuer Fall?", fragte er Ellen. Die trank einen kleinen Schluck und beschloss, die Entführung nicht zu erwähnen. „Nein, nichts Großes."   Sie unterhielten sich über dies und das und Ellen hörte Sunnys Version der Geschichte, die sie mit Rolf zusammen gebracht hatte und die sich in einigen Punkten, die Rolf eher banal klingend erzählt hatte, ziemlich stark von seiner Schilderung unterschied, was Ellen aber aus ihrer Polizeikarriere kannte. Frauen und Männer haben grundsätzlich unterschiedliche Wahrnehmungsebenen. Sie waren beim dritten Glas angelangt – Ellen war auf Mineralwasser umgestiegen, weil sie ja noch fahren musste – als ihr Handy klingelte. Sie wollte es erst ignorieren, dachte dann aber, dass Dr.Drachte sie vielleicht dringend sprechen wolle und entschuldigte sich. Sie stand auf und ging um die Bude herum. Es war voll auf der Promenade und sie stellte sich auf den Rasen am Wasser. „Wir kennen uns…", sagte die Frau, die sie anrief. „Ich habe das Boot gefahren, in dem sie ihrem Freund nachfahren wollten… In Scharbeutz." Ellen klopfte bei der jähen Erinnerung an die furchtbaren Minuten, als Arved Maschke mit dem Jetski die russische Yacht rammte das Herz bis zum Hals. „Ja…", sagte sie. Was kann ich für sie tun?" „Ich brauche Hilfe, dringend", sagte Iris. „Ich bin da in eine Geschichte reingerutscht und jetzt…" „Ja?" sagte Ellen, aber am anderen Ende war Stille. Iris hatte ihr Handy zur Seite gelegt, denn aus dem Bootsinneren kamen leise Schreie. „Hallo?" sagte

Ellen und Iris, die schnell wieder ihr Handy aufnahm sagte. „Ich ruf sie später noch mal an…" und legte auf. Nachdenklich ging Ellen zu Sunny und Rolf zurück. „Was Schlimmes?" fragte Rolf, dem ihr Gesichtsausdruck auffiel. Ellen schüttelte leicht den Kopf. „Eine Frau, die ich von früher kenne. Sie bat mich um Hilfe, aber das Gespräch brach ab. Sie will später nochmal anrufen." Ellen befreite sich von den Gedanken und sie unterhielten sich noch eine halbe Stunde, bis Ellen, die sich an den ablaufenden Parkschein erinnerte, aufbrach. Sie verabredeten sich für die nächste Woche zum Essen, obwohl Sunny nicht so sehr begeistert davon zu sein schien. „Interessante Frau", sagte Sunny als Ellen gegangen war. „Ja, tolle Frau…", antwortete Rolf Riedel und Sunny stieß ihn in die Rippen. Beide lachten und Rolf küsste Sunny. „Keine Gefahr", sagte er und Sunny glaubte ihm. „Noch ein Glas?" fragte er und sie nickte. Er holte die Getränke und sie blieben sitzen, bis die Sonne hinter den Häusern verschwand.

Iris hatte das Gespräch mit Ellen unterbrochen, weil Vera in der Kajüte aufgewacht war und realisiert hatte, dass der böse Traum, in dem ihr ein Ohr abgeschnitten worden war, kein Traum war… „Es tut so weh…", jammerte sie und Iris setzte sich zu ihr auf die Kojenkante und streichelte ihre Hand. Sie sah, dass der Verband wieder Blutflecke aufwies und wickelte ihn vorsichtig ab. Die Binde war am Ohrstumpf festgeklebt und Vera schrie auf, als Iris sie mit einem Ruck abriss. Die Wunde sah schlimm aus, aber sie schien nicht entzündet zu sein, wie Iris erleichtert feststellte. Trotzdem rieb sie reichlich Jod darauf, bevor sie einen neuen Verband anlegte. Vera versuchte sich zusammen zu nehmen, was aber nicht gelang. Sie weinte jetzt und Iris holte ihr eine Packung Tempo-Taschentücher. Vera trocknete ihre Tränen und schnaubte aus. Dann sagte sie mit einem Anflug von Ironie „Dann werde ich mir wohl die Haare wachsen lassen müssen…" Iris war nicht zum Lachen, konnte aber ein kleines Kichern nicht unterdrücken. „Ich mach was zu essen", sagte sie und schloss Vera wieder ein. Der Vorratsschrank enthielt nicht viele Alternativen und Iris wählte eine Dose, auf deren Etikett ein leckeres Reisgericht abgebildet war, sich aber in der Realität als ziemlich geschmacklose Pampe entpuppte. Gewürze gab es kaum an Bord der Yacht und beide Frauen aßen wenig von dem sogenannten „ungarischen Reistopf" und Iris entschuldigte sich. „So geht's nicht weiter…", sagte sich Iris, nachdem sie abgewaschen hatte und Vera erneut in einen unruhigen Schlaf gefallen war. Sie ging an Deck und wollte erneut Ellen anrufen, aber sie stellte mit Schrecken fest, das ihr Akku leer war. Seufzend ging sie zum Steuerstand und startete den Motor. Dann verband sie ihr Handy mit dem Ladekabel und wählte Ellens Nummer, aber sie erreichte nur deren Mailbox und bat um Rückruf.

Dr. Drachte war wieder ins Radisson Hotel gegangen und wartete in einem der bequemen Sessel in der Lobby auf Yuen Litang. Der Chinese ließ ihn fast eine halbe Stunde warten und entschuldigte sich wortreich mit einer wichtigen Konferenz, die in Wahrheit aus einer Massage im Wellness-Bereich des Hotels bestanden hatte. Er trug einen metallenen Aktenkoffer, den Drachte neugierig betrachtete. „Das Geld?" fragte er und Litang nickte. Jetzt erst bemerkte Drachte einen kräftig aussehenden Chinesen, der nicht weit entfernt in einem Sessel saß und gelegentlich zu ihnen herübersah, aber seine Blicke aufmerksam durch die ganze Lobby gleiten ließ. „Ihr Leibwächter?" fragte er neugierig Litang, der grinste. „Sie sind doch wohl nicht allein gekommen?" entgegnete der und Drachte schwieg, denn jetzt ging ihm auf, dass er gleich mit einer Riesensumme Bargeld allein und schutzlos durch die halbe Lübecker Innenstadt gehen musste. Litang bemerkte Drachtes Verwirrung. „Ich leihe ihnen Chen aus, bis sie zuhause sind." Er grinste und Drachte wusste nicht, ob er erleichtert oder besorgt sein sollte, denn was wäre, wenn dieser Chen ihm das Geld einfach wieder abnehmen würde. Die Polizei konnte er schlecht rufen… „Was bleibt mir übrig…", dachte er und hoffte inständig, dass dieser Alptraum der Entführung Frau Kreienbooms bald ein Ende haben würde. „Haben sie den Vertrag?" fragte Litang und Drachte öffnete seinen Aktenkoffer und überreichte Yuen Litang das Dokument, von ihm als Notar und Rechtsanwalt besiegelt, trotzdem er wusste, dass eine der Unterschriften gefälscht war. Ihm wurde siedend heiß und er hoffte, dass Litang ihm das nicht ansah. Der bemerkte aber Drachtes Schweißausbruch sehr wohl. „Ist ihnen nicht gut?" fragte er. „Wie?... Nein, alles ok", antwortete der. „Muss nur dran denken, dass Herr Kreienboom seine Frau ja…ein bisschen hinters Licht führt." Litang grinste. „Aber es sind seine Patente, die die Firma überhaupt interessant für uns machen." Drachte nickte. Litang legte den metallenen Koffer auf seine Schenkel und wählte den Sicherungscode am Schloss. Der Deckel sprang klickend ein Stück auf und Drachte sah – zum ersten Mal in seinem Leben – eine derartige Menge Bargeld. „Zehn Millionen Euro. Wollen sie nachzählen?" fragte der Chinese und Drachte schüttelte den Kopf. Litang drückte den Deckel wieder zu und verdrehte die Zahlen des Schlosses. Dann reichte er Dr. Drachte den Koffer, der ihn mit zitternden Händen nahm und zwischen seine Beine klemmte. „Der Zahlencode", sagte Litang und schob ein zusammen gefaltetes Stück Papier über den Tisch. Er winkte einem Kellner und bestellte zwei Gläser Reiswein, den die gut sortierte Bar des Hotels zum Glück enthielt. Als sie serviert wurden, schob Litang eines der Gläser zu Drachte hinüber. „Alte chinesische Sitte. Wir trinken auf das Geschäft." Drachte nahm das Glas und sie tranken. Sie besprachen noch die Abwicklung des restlichen Geschäfts und die förmliche Übernahme der Firma durch Litangs Konzern, dann verabschiedeten sich die Männer und Litang gab Chen einen Wink, der aufstand und das Hotel verließ. Auf dem Weg zu seinem Büro in der Mengstraße sah ihn Drachte nicht einmal, obwohl er sich anstrengte, aber er wusste, dass der Chinese ihn beschattete. Als er endlich seine Räume betrat war seine rechte Hand kalkweiß, so sehr hatte er den Griff des Geldkoffers umklammert. Er hatte ihn schon halbwegs in seinem Safe – ein altes und nur für Dokumente gedachtes Modell – verstaut, als er Bedenken bekam und den Koffer im Bettkasten seiner Couch verstaute, die im Nebenzimmer stand und auf der er in früheren Zeiten des Öfteren mit seiner Sekretärin…, die nun aber nur noch für gelegentliche Mittagsschläfchen bereit stand. Irgendwie erleichterte ihn das und er legte nur den Zettel mit dem Zahlencode in den Safe, den er sorgfältig verschloss. Dann rief er Fred Kreienboom an und berichtete, dass das Geld da wäre, und dann klingelte es an der Tür und ein Paketbote überreichte ihm ein kleines Päckchen.

Fred rief sofort Helmut Klee an. „Drachte hat das Geld. Wie machen wir das jetzt?" „Hab ich dir doch schon gesagt", knurrte Helmut. „Ich ruf den an und bestehe darauf, dass du allein das Geld übergibst. Wir treffen uns auf dem Golfplatz." „Und du rufst dann diese Iris an, damit sie Vera laufen lässt", sagte Fred. „Ja, ja. Sie lässt Vera auf dieser Insel frei und haut mit dem Boot ab, wie besprochen." „Ok", antwortete Fred, „Aber mach zu. Ich will nicht, dass Vera was passiert." „Hör zu", schnaubte Helmut. „Diese Schnepfe hat dich aus der Firma geworfen und ohne die Kohle wärst du ruiniert. Willst du die etwa wieder haben?" „Nein", sagte Fred kleinlaut. „Wenn ich meinen Teil habe, hau ich ab nach Gran Canaria." „Na also, dann warte, bis Drachte dich anruft. Ciao."

Fred Kreienboom legte auf, wurde aber gleich darauf von dem Vertreter der Spedition angerufen, die den Transport der „Kondor" von Travemünde nach Las Palmas erledigen sollte. Der Container stand am Skandinavienkai bereit und Fred fuhr schnell nach Travemünde. Er hatte nicht damit gerechnet, dass es so schnell gehen würde, aber der Agent hatte ein Schiff im Hamburger Hafen liegen, das noch Stellplätze frei hatte und heute Abend ablegen sollte. Er ließ sich vom

Hafenmeister mit der kleinen „Mary" übersetzen und legte mit dessen Hilfe den Mast um, nachdem sie in aller Eile alles, was an Deck war, nach unten verstaut hatten. „Das geht ja bisschen plötzlich", sagte der Hafenmeister keuchend und Fred erklärte ihm den Glücksfall, einen freien Container bekommen zu haben. Sie verzurrten den Mast an Deck und der Hafenmeister half Fred beim Ablegen und winkte ihm nach. „Viel Erfolg bei der Regatta!" rief er noch hinterher als Fred unter Motor den Skandinavienkai ansteuerte, wo ein von der Spedition bestellter Autokran alsbald die Yacht aus dem Wasser hob und auf ein Transportgestell absenkte. Ein bisschen Hin und her gab es noch, denn es stellte sich heraus, dass die Gesamthöhe des Bootes auf dem Gestell nicht in den Container passte und sie mussten den Mast vom Deckshaus nehmen und separat unter der Yacht verstauen, was Fred fast wahnsinnig werden ließ, als er sah, wie unvorsichtig die Arbeiter mit dem empfindlichen Alu-Profil umgingen. Er war erst zufrieden, als unzählige Kunststoffauflagen jede Bewegung des Mastes verhindern würden. Die Türen des Containers wurden verschlossen und ein mobiler Kran hob ihn auf den Tieflader der Spedition und Fred sah dem LKW nach, der seine „Kondor" auf den Weg nach Las Palmas brachte. Er ging zum Hauptgebäude des Kais, von wo der 40er Bus der Lübecker Verkehrsbetriebe abfuhr und während er wartete, zog er sein Handy aus der Tasche, das er während der ganzen Zeit nicht beachtet hatte. „Fünf Anrufe" stand dort. Zwei von Drachte, zwei von Helmut und einer von dieser Ellen Hamann.

Dr. Drachte war an diesem Tag allein im Büro. Seine langjährige Sekretärin hatte sich krank gemeldet und so entging sie wahrscheinlich einer Ohnmacht, die Drachte beinahe befiel, als er den Karton des

Päckchens öffnete und die Plastikdose entnahm. Zuerst konnte er den Inhalt gar nicht zuordnen, dann stieß er einen heiseren Schrei aus und ließ die Dose fallen, woraufhin das Ohr – als solches erkannte es nun der Anwalt – herausfiel und auf dem Teppich liegen blieb. Er musste all seine Selbstbeherrschung zusammen nehmen, um das Ohr, mithilfe eines Löffels aus der Kaffeeküche, wieder in die von getrocknetem Blut verschmierte Dose zu legen. Zuerst stellte er keine Verbindung zu der Entführten her, dann bemerkte er den Zettel im Karton auf dem in krakeliger Schrift „Da haben   Lebbenszeichen. Wenn nix zahlen, sie kriegen grossses Paket mit ganze totte Frau."

Drachte zitterte und schaffte es gerade noch zur Toilette, wo er sich heftig übergeben musste. Er säuberte sich und trank zunächst mal einen Cognac aus der Flasche im Schreibtisch mit deren Inhalt gelegentlich Klienten, z.B. bei Testamentseröffnungen, beruhigt werden mussten. Immer wieder sah er zu der Dose auf dem Schreibtisch und wusste nicht, was er nun tun sollte, aber dann klingelte sein Handy. „Sie chabben Ohr?" fragte die Stimme des Entführers. „Jjjja", stöhnte Drachte, dessen Herz bis zum Hals schlug und der sich dafür verfluchte, die Sache nicht rechtzeitig der Polizei überlassen zu haben. „Sie chabben Geld? Dann Herrr Kreienboom soll ibbergäben. Dann wirr lasssen Frau gähn… Du gäbben Kreienboom Geld. Du mirr saggen Nummer Tälefon von ihm…" „Ja, aber…", sagte Drachte. „Nix abber!" schrie der Entführer und Drachte nannte ihm Fred Kreienbooms Handynummer und versprach, ihm das Geld sofort zu geben. „Frau sonst todd, wie Ohr", sagte der Entführer noch und legte auf. Jetzt brauchte Dr. Drachte noch einen Cognac, dann rief er Fred an, erreichte aber nur dessen Mailbox. Bei Ellen hatte er mehr Glück. Sie saß zuhause und sortierte Rechnungen, von denen sich eine ganze Menge angehäuft hatten. Froh über die Unterbrechung dieser freudlosen Tätigkeit versprach sie, sofort zu kommen. Da es nicht weit bis zur Mengstrasse war, ging sie zu Fuß und stellte erst als sie fast da war fest, dass sie ihr Handy zuhause vergessen hatte.

Auch Ellen war ziemlich geschockt, als sie das Ohr, in dessen Läppchen ein kleiner Brillantstecker im Licht der Schreibtischlampe Drachtes funkelte sah. Bisher war sie davon ausgegangen, dass die Frau nach Zahlung des Lösegeldes frei kommen würde. Die Brutalität, die der Anblick des abgeschnittenen Ohres aber übermittelte, ließ bei ihr nun alle Alarmglocken läuten. „Sie müssen jetzt die Polizei einschalten", drängte sie. Drachte rang die Hände. „Sie sehen doch, wie brutal diese Kerle sind. Keine Polizei, haben die gesagt..." Ellen schwieg, dann sagte sie „Haben sie Herrn Kreienboom schon erreicht? Wir müssen jetzt wissen, was der Entführer mit ihm ausmacht. Wo und wie die Übergabe stattfinden soll..." „Er geht nicht ans Telefon", klagte Drachte. „Ok, sagen sie mir sofort Bescheid, wenn sie ihn erreichen. Ich glaube, Frau Kreienboom ist jetzt in sehr großer Gefahr." Drachte versprach es und Ellen ging nach Hause, weil sie sich ohne ihr Handy nackt vorkam. Nicht erreichbar zu sein war in dieser Situation unmöglich für sie.

Helmut Klee hatte einen ziemlich kühlen berechnenden Verstand und jetzt sagte er sich, dass er sich mit dieser Entführungsgeschichte ziemlich angreifbar gemacht hatte. Was, wenn dieser blöde Kreienboom durchdrehte, zur Polizei ging um sich zu stellen und ihn als Hauptschuldigen benennen würde? Oder diese Iris?„Als erstes muss diese Frau weg…", dachte er und rief Steffen Malchow an. „Beide?" fragte der. „Ja, und das Boot muss auch verschwinden." Steffen schwieg ein bisschen, dann sagte er „Aber das kostet…" Er dachte nach, was er wohl verlangen konnte. „Hunderttausend", sagte Klee und das war mehr, als Steffen gewagt hätte zu verlangen. „In Ordnung, Chef. Soll ich jetzt gleich losfahren?" „Ja." sagte Helmut und beendete das Gespräch. Dann lehnte er sich in seinen Sessel zurück und dachte an das Hotel, das er kaufen würde.

Als Ellen ihre Wohnungstür aufschloss, klingelte ihr Handy auf dem Flurtischchen und sie konnte gerade noch das Gespräch annehmen, bevor die Mailbox ansprang. „Ich… habe sie vorhin schon mal angerufen", sagte Iris am anderen Ende. „Woher haben sie eigentlich meine Nummer?" fragte Ellen, die durch diese Unterbrechung die offensichtliche Nervosität der Anruferin lindern wollte. „Von Micha Sauer aus Scharbeutz. Der Autor, sie wissen?" „Ja", sagte Ellen schnell und ein seltsames Gefühl überkam sie bei der Nennung seines Namens. „Worum geht es? Sie sagten, sie sind in eine Geschichte hineingeraten, die…" Iris unterbrach sie. „Ich bin in eine Kriminelle Sache verstrickt, weil ich Geld brauchte und es schien mir okay, aber nun…" Sie sprudelte die ganze Geschichte heraus und Ellen fiel fast der Hörer aus der Hand. „Welch ein Zufall", dachte sie. Die Entführung, und nun hatte sie die Bewacherin der Frau am Telefon. „Gott sei Dank; dass sie sich bei mir melden", sagte sie als Iris geendet hatte. Sie ließ sich die genaue Position der Yacht geben. „Helnaes?, wie schreibt man das?", fragte sie und Iris buchstabierte. „Ich komme sofort zu ihnen", versprach Ellen und Iris legte auf. Sie suchte aufgeregt in der Kartenfunktion ihres Handys und übertrug den Zielort in ihre Navi-Funktion. Sie raffte ein paar Sachen zusammen und dann dachte sie kurz nach. Zögernd wählte sie Rolf Riedels Nummer. Sunny meldete sich und Ellen fragte nach Rolf. „Moment", sagte Sunny und trug das Gerät auf den Balkon, wo Rolf gerade ein Schläfchen in der Sonne hielt. „Für dich", sagte Sunny und Rolf nahm das Handy. Ellen trug ihr Anliegen vor und er sagte „Das passt mir heute eigentlich nicht so gut…" denn er wollte mit Sunny nachher in den Fisch-Tempel und leckeren Dorsch mit Speckkartoffelsalat essen. „Moment…", sagte er und sah Sunny an. „Ellen, sie braucht dringend Unterstützung in einem Fall. Ich müsste kurz mit ihr nach Dänemark." Sunny grinste. Sie hatte schon bemerkt, dass Rolf sich so ohne Beschäftigung zu langweilen begann und dann fiel ihr ein, dass ihre Freundin Carola schon lange nach einem Treffen gefragt hatte. Sie beugte sich zu Rolf und küsste ihn. „Schon in Ordnung, Schatz. Ich geh zu Caro…" Rolf sah sie zweifelnd an, sagte dann aber Ellen zu, die versprach, dass sie ihn in einer Stunde abholen würde. „Aber keinen Quatsch mit dieser Ellen…", mahnte Sunny als sich Rolf verabschiedete und er lachte. „Weißt du doch, Schatz. Ich liebe dich."

Er wartete an der Straße und als ihr Mini vorfuhr, stieg er schnell ein, warf seine kleine Reisetasche auf den Rücksitz und Ellen beschleunigte schon, bevor er den Sicherheitsgurt schließen konnte. Dann erst sagte sie ihm, worum es eigentlich ging. „Also schon wieder eine Frau retten…" sagte Rolf und das klang so komisch, dass Ellen, der eigentlich nicht danach war, lachen musste. Sie unterhielten sich die ganze Fahrt über und Ellen amüsierte sich darüber, dass der Held neben ihr sich mitunter sichtbar an die Armlehne krampfte, wenn sie ein bisschen „sportlich" in die Kurven fuhr. „Was ist das für eine Frau, die die Entführte bewacht?" fragte Rolf und Ellen zuckte die Schultern. „Ich kenn sie nur flüchtig von... von dieser Sache in Scharbeutz. Du weißt schon... Das mit der silbernen Madonna. Keine Ahnung, wie die in diese Sache geraten ist, aber richtig kriminell ist die nicht." Ellen schüttelte den Kopf. Sie hatte vorhin noch kurz mit Micha telefoniert, der ihr aber auch nicht allzu viel über Iris Fendt sagen konnte. „Ist irgendwann hier in Scharbeutz aufgetaucht und schlägt sich so durch, sonst weiß ich auch nicht, was mit ihr los ist", sagte Micha, der sich freute, dass Ellen ihn mal wieder anrief. „Danke dir", hatte sie gesagt und ihm versprochen, mal wieder „auf einen Kaffee" in Scharbeutz vorbei zu kommen. Es gelang Ellen -trotz ihrer Eile und ihrer Fahrweise – nur einmal geblitzt zu werden und nach Passieren der Grenze wies Riedel sie auf die deftigen Geldstrafen hin, die in Dänemark für Geschwindigkeitsüberschreitung fällig wurden, woraufhin sie vom Gas ging. Bei Kollund hielten sie an einer Raststätte. Während Ellen tankte betrat Rolf Riedel schon den Gastraum und holte Kaffee für sich und Ellen vom Büffet. Er wählte einen Tisch am Fenster und nachdem sie den Mini geparkt hatte, gesellte sich Ellen zu ihm. Nicht ganz zwei Stunden vor ihnen hatte Steffen Malchow an eben diesem Tisch gesessen und Hot Dogs gegessen und wenn sie über ihn und seinen Auftrag Bescheid gewusst hätten, wären sie sofort weiter gefahren.

Iris war unruhig. Sie ärgerte sich nun ein bisschen darüber, Ellen ihren Standort gesagt zu haben und nun tatenlos auf sie warten zu müssen. „Blöd…", sagte sie zu sich selbst. „Hätte ja Ankerauf gehen und woanders hin fahren können, wo dieser Ohrabschneider sie nicht finden konnte. Sie haderte ein bisschen mit sich, ob sie das nicht trotzdem tun sollte, dachte dann aber, dass Ellen ja bald kommen würde und sie gemeinsam einen Ausweg aus dieser Sch…Situation finden würden. Vera Kreienboom war wieder eingeschlafen, nachdem Iris ihr nochmals drei Schmerztabletten gegeben hatte. Jetzt hatte sie nur noch ein paar übrig. „Höchste Zeit, dass ein Arzt sich die Wunde ansieht", dachte Iris und holte sich ein Glas Rotwein, um ihre Nerven zu beruhigen. Es war total einsam um das Boot herum. Nicht mal das Fischerboot war wieder gekommen. In der Ferne sah sie die Boote, die in den kleinen Hafen von Falslet ein- oder ausliefen und sie sehnte sich danach, dort oder anderswo ganz normal in ein Cafe gehen, und sich mit ruhigem Gewissen unter die Urlauber mischen zu können. Resigniert dachte sie an das Geld, das sie nun wohl in den Wind schreiben musste und an die kleine Bucht auf Mallorca, die nun noch für unbestimmte Zeit ein Traum bleiben würde.

Steffen Malchow hatte Pech. Ein Autounfall hatte einen Stau verursacht, der ihn aufhielt. Seine Finger trommelten auf das Lenkrad. Er war zwar ein harter Bursche, aber erst jetzt wurde ihm so richtig bewusst, dass er im Begriff war, einen Mord zu begehen oder sogar zwei. Aber es gab seit langem nur noch das Prinzip „Geld beschaffen- um jeden Preis" bei ihm und er dachte lieber daran, was er mit der „Kohle" anfangen würde. Endlich ging es weiter. Emotionslos fuhr er an dem zertrümmerten Autowrack vorbei, aus dem die Feuerwehrleute zwei Verletzte geborgen hatten. Ein Polizeiwagen mit eingeschaltetem Blaulicht stand da und eine junge Polizistin wies Steffen mit ihrer Kelle an, zügig die Unfallstelle zu passieren.

Sie hatten nur schnell den Kaffee getrunken und so kam es, dass Ellen und Rolf die schon fast geräumte Unfallstelle nur eine halbe Stunde nach Steffen Malchow passierten. Rolf hatte die Karte auf den Knien, die Ellen an der Tankstelle besorgt hatte. „Kann nicht mehr weit sein", sagte er befriedigt. Sie fuhren bereits am Wasser des Kleinen Belts entlang, auf dem Rolf den stetigen Strom der Segelyachten bewunderte. „Hier müsste man mal Urlaub machen", sagten sie beide wie auf einen Gedanken hin und lachten, aber dann stieg die Anspannung wieder. Ellen überlegte, wie sie weiter vorgehen sollte. Vera Kreienboom von der Yacht holen, das war klar, aber Iris? Sie der hiesigen Polizei übergeben? Die würde zuerst mal fragen, warum der ganze Fall nicht längst bei ihnen angezeigt worden sei. Immerhin hatte Iris sich ja bei ihr gemeldet und damit die Entführung beendet, dachte Ellen und beschloss, die Frau laufen zu lassen.

Fred Kreienboom arbeitete seine Telefonliste ab, nachdem er in seiner Wohnung angekommen war. Zuerst Helmut, der ihm sagte, was er Drachte befohlen hatte. Dann versuchte er Ellens Nummer zu erreichen, aber das hatte nicht geklappt. Dann Dr. Drachte, der schier ausflippte, als er ihn anrief. „Kommen sie sofort her", kreischte der Anwalt ins

Telefon. „Etwas Schreckliches ist geschehen…" und Fred ließ alles stehen und liegen und eilte in Drachtes Büro. „Endlich", sagte der als Fred vor ihm stand und tupfte sich mit einem Taschentuch den Schweiß aus der Stirn. „Das… das sind solche Unmenschen, diese Verbrecher…" Fred sah den Anwalt fragend an. „Was ist denn passiert?" fragte er. „Wir müssen die Polizei holen", sagte Drachte. „Sehen sie selbst." Er ging in die Kaffeeküche und holte die Tupperdose aus dem Kühlschrank. Fred sah ihn fragend an. Dann nahm Drachte den Deckel ab und Fred wich unwillkürlich einen Schritt zurück. Es dauerte einen Moment bis sich sein Bewusstsein auf das einstellte, was er dort sah. „Mein Gott, das…" Einen Augenblick lang dachte er, dass Helmut vielleicht ein Schweineohr… aber dann sah er den Brillanten im Ohrläppchen, den er Vera erst zu ihrem letzten Geburtstag geschenkt hatte. Was hatte dieser Idiot Helmut getan? „Brauchen sie ein Glas Wasser?" fragte Drachte, der sah, dass Fred ganz blass geworden war. Fred nickte abwesend und der Anwalt holte es. Fred, dessen Beine zitterten, hatte sich mittlerweile auf Drachtes Besucherstuhl gesetzt. Seine Gedanken rasten. Wie hatte er sich auf diese Sache einlassen können? Dieser Volltrottel Helmut Klee… War der von allen guten Geistern verlassen? „Soll ich die Polizei anrufen?" fragte Drachte und Fred schlug die Hände vors Gesicht. Alles würde rauskommen und er wäre erledigt… „Vera…", dachte er, aber sein Selbstschutz war stärker. „Nein", murmelte er. „Dafür ist es jetzt zu spät. Ich werde das Geld übergeben und wir hoffen, dass sie freigelassen wird." Drachte machte Einwände, aber Fred bestand auf diese Vorgehensweise. „Na gut", sagte Drachte dann widerstrebend und holte den kleinen Metallkoffer aus seinem Versteck im Schlafsofa. „Hier ist das Geld. Die Chinesen erwarten, dass die ausstehenden Verhandlungen und die Übergabe der Firma in der nächsten Woche über die Bühne gehen." Fred nickte geistesabwesend. Er hatte den Deckel des Koffers geöffnet und nahm einige der Geldbündel in die Hand. „Haben sie das verstanden?" inzistierte der Anwalt „Sie und ihre Frau müssen nächste Woche die Übergabe vollziehen." „Jaja", knurrte Fred heiser. Langsam wurde ihm bewusst, dass er Helmut vollkommen falsch eingeschätzt hatte. Das hieß… Ihm wurde heiß und kalt. Helmut würde keine Zeugen am Leben lassen. Vera, diese Iris und… er selbst. Er musste sich wieder setzen, denn seine Beine zitterten. Vielleicht könnte die Polizei ja doch… Er überlegte fieberhaft, wie er die Geschichte so drehen konnte, dass er selbst ungeschoren davon kommen konnte. „Aussichtslos…" Ihm fiel nichts ein.

„Ist ihnen nicht gut", fragte Drachte zum wiederholten Mal und Fred schüttelte langsam den Kopf. „Der Entführer ruft mich an und sagt mir, wo ich das Geld hinbringen soll?" fragte er nach und Drachte nickte stumm. Fred erhob sich. „Hoffentlich bald", sagte er. „Die arme Vera…" und er meinte das sogar ernst. Dann schloss er den Koffer und erhob sich. „Ich warte zuhause. Sag ihnen dann sofort Bescheid. Wo ist denn diese Frau Hamann? Ich soll sie doch anrufen, wenn es losgeht…" Drachte nickte. „Ich habe vorhin versucht sie anzurufen, aber sie geht nicht ans Telefon. Haben sie ihre Nummer?" Fred nickte. Er verabschiedete sich von dem Anwalt und ging.

Helmut Klee wartete, dass Fred Kreienboom kam und ihm das Geld brachte. Er hatte entschieden, dass er nicht wie abgemacht nur die Hälfte der zehn Millionen, sondern die für seinen Hotelkauf nötigen ursprünglich siebeneinhalb nehmen würde. Kreienboom würde sich mit dem Rest begnügen müssen und wenn er Schwierigkeiten machen würde… Er dachte an Steffen Malchow. Jetzt musste er eigentlich in Dänemark sein und seinen Auftrag ausführen. Helmut schenkte sich ein Glas Vodka ein und lächelte. So weit, so gut…

Fred hatte einen Entschluss gefasst. Schnell packte er seine große Reisetasche, verstaute den Inhalt des Metallkoffers zwischen seine Wäsche und verschloss seine Wohnung. Er ging in die Tiefgarage und war im Begriff die Tasche in den Kofferraum zu legen. Er grübelte. Sie würden ihn suchen. Die Polizei, Helmut Klee oder beide. Er drückte den Deckel des Kofferraums wieder zu und zog seine Reisetasche, die zum Glück Rollen hatte, zum nahen Bahnhof. Der nächste Zug nach Hamburg ging schon ein paar Minuten später und er saß am Fenster und guckte in die Landschaft, die er vielleicht zum letzten Mal sah. Zum Glück hatte er ein gutes Netz für sein Smartphone und er studierte die Angebote von einem Flugvermittler. Er entschied sich für einen Easyjet-Flug ab Berlin, den er zeitlich erreichen konnte und buchte ihn mit Hilfe seiner Kreditkarte. In Hamburg stieg er um und gönnte sich im Speisewagen Schnitzel mit Bratkartoffeln und ein Bier. In vier Tagen würde seine „Kondor" in Las Palmas ankommen und er würde sie erwarten.

Sie überquerten die kleine Brücke und waren jetzt auf der Insel Helnaes. Ein wenig ratlos war Ellen schon, wie sie die Yacht hier finden sollten, denn von der Straße aus konnten sie zwar das Wasser auf beiden Seiten sehen, aber da es hier Steilufer gab, nicht den direkten Uferbereich.

Auch Rolf Riedel wusste keinen Rat. „Erst mal ein Stück weiter. Vielleicht kann man irgendwo an den Strand." Ellen hatte ihm seit ihrer Rast das Steuer überlassen. Sie nickte, wühlte ihr Handy aus ihrer Jackentasche und wählte Iris Nummer. Sie hörte den Rufton der hinausging, aber Iris nahm nicht ab…

Steffen Malchow hatte seinen Golf dort abgestellt, wo er ihn auch beim letzten Mal geparkt hatte. Den kurzen Weg zum Strand ging er zu Fuß. Er hatte keinen direkten Plan. „Den Frauen eins über die Rübe geben und das Boot anstecken…", so in etwa dachte er sich die Erledigung seines Auftrags. Diese Iris… die hatte ziemlich hysterisch reagiert beim letzten Mal. Wenn er nun so plötzlich am Strand erschien und die haute einfach mit dem Boot ab? Widerstrebend blieb er in Deckung der Bäume stehen und begann die Yacht zu beobachten. Iris saß im offenen Cockpit und las. „Mist", dachte Steffen, doch dann legte sie ihre Lektüre weg und ging unter Deck. Steffen fasste einen Entschluss und zog sich bis auf die Unterhose aus. Das Wasser erschien ihm kalt, aber er war ein durchtrainierter Mann und ein recht guter Schwimmer. Mit gleichmäßigen Kraulzügen durchfurchte er die kurze Distanz bis ans Heck der Yacht, wo es eine Badeplattform gab. Kurz bevor er sie erreichte, erschien Iris aus dem Inneren des Bootes und sah ihn…

„Da…", sagte Ellen laut und wies auf die Einfahrt eines Feldwegs, in dem ein älterer Golf mit Lübecker Kennzeichen stand. Bei ihr begannen alle Alarmglocken zu läuten. „Halt an!" schrie sie Rolf zu, der bremste und hinter dem Golf parkte. Ellen sprang sofort aus dem Auto, lief zu dem Golf und spähte durch die staubigen Scheiben. Unordentlich sah es darin aus. Zerknülltes Papier auf dem Beifahrersitz. Ehemalige Verpackung von Hamburgern, wie sie am Aufdruck mit dem gelben M sah. Rolf Riedel sah sie fragend an. „Dieser Typ, der Frau Kreienboom das Ohr abgeschnitten hat… Vielleicht ist er gerade dabei…", sie sprach nicht zu Ende sondern begann, dem Weg durch die Bäume zum Strand zu folgen. Rolf holte sie schnell ein. Als sie den Waldrand erreichten, hielt er sie zurück. „Erst der Spähtrupp. Das bin ich", sagte er und Ellen nickte. Rolf schlich etwas weiter und bog die Zweige eines dichten Gebüsches zur Seite und sah in etwa hundertfünfzig Metern Entfernung eine Motoryacht vor Anker liegen. Sie schwankte etwas. An Deck war niemand zu sehen, aber unten schien es erhebliche Bewegung zu geben. Ein Schrei ertönte, hier gerade noch als solcher identifizierbar. „Los! komm nach", knurrte Riedel und begann ungeachtet dessen, dass er nun vom Boot aus gut sichtbar war auf die Yacht zu zu rennen. Er kam nicht gut voran, die Steine rutschten unter seinen bequemen Halbschuhen mit Ledersohle und er wünschte sich, Kampfstiefel anzuhaben. Immerhin war er ja auf so etwas trainiert und als Ellen schnaufend und nach Atem ringend die Stelle vis a vis der Yacht erreichte, hatte Riedel, der sich in voller Montur ins Wasser geworfen hatte, schon dreiviertel der Distanz zum Boot durchschwommen. Ellen nahm sich die Zeit, sich auszuziehen und watete in BH und Höschen ins Wasser, bis es tief genug war, um mit Schwimmbewegungen zu beginnen. Langsam - sie konnte nur Brustschwimmen - kam sie voran, aber als sie die lauten Schreie hörte und die Geräusche des Kampfes, holte sie das Letzte aus sich heraus.

Iris war in Panik geraten, als sie nur ein paar Meter entfernt Malchow im Wasser entdeckte. Der Atem stockte ihr und sie reagierte kopflos, stieß einen Schrei aus und rannte unter Deck. Sie hörte und fühlte an der Bewegung des Bootes, dass sich dieser Mann auf die Badeplattform zog. Sie knallte das Schott zu und legte den lächerlich kleinen Riegel vor, der den Bootseingang von innen sichern sollte, dann lief sie nach vorn, öffnete mit zitternden Fingern die Tür zur Vorderkajüte, wo Vera, die ihren Schrei gehört hatte, sie mit geweiteten Augen ansah. Iris schloss die Tür und begann panisch das Nachtischchen und einen Stuhl davor zu schieben. „Was ist los?" fragte Vera heiser, aber Iris antwortete nicht. „Ich hätte ein Messer aus der Küche mitnehmen sollen", dachte sie, aber dafür war es jetzt zu spät, denn ein splitterndes Geräusch zeigte an, dass Steffen das Schott aufgerissen hatte und nun die Treppe nach unten hinab kam. Über sich sah Iris das Luk zum Vorschiff, aber sie selbst hatte, damit Vera nicht fliehen konnte, den Reserveanker, sowie allerlei gewichtiges Zeug aus den Backskisten darauf gelegt. Trotzdem versuchte sie, das Plexiglasluk hochzudrücken. „Los hilf mir", schrie sie Vera an und zusammen schafften sie es tatsächlich, das Luk einige Zentimeter nach oben zu schieben. Iris stieß einen erleichterten Seufzer aus, aber dann krachte die Tür aus den Angeln und Steffen kam grinsend herein. Vera schrie – Das war der Schrei, den Riedel und Ellen gehört hatten – und kroch in die hinterste Ecke des Bettes. Iris starrte unwillkürlich auf die Wölbung einer mächtigen Erregung, die die durchweichte Unterhose Steffens kaum verbarg. Er war jetzt in einer Ausnahmesituation, hatte die Macht über diese Frauen und den Willen, sie zu töten und das erregte ihn über alle Massen. Seine kalten Augen starrten Iris an. „Ausziehen… Alle beide!", befahl er und Iris gehorchte zitternd. „Du auch", herrschte Steffen die wimmernde Vera an und auch die zog sich nun ihr T-Shirt über den Kopf. Dabei ratschte sie über den Verband ihrer Wunde und schrie erneut auf. Steffen streifte seine Unterhose ab und Iris konnte ihren Blick nicht von dem erigierten Penis wenden. Sie streifte ihr Höschen ab und Steffen kam auf sie zu und warf sie aufs Bett. Kaum noch Herr seiner Sinne schob er sich zwischen ihre Beine und Iris krampfte in der Erwartung, dass er nun in sie eindringen würde die Hände in das Laken. Vera warf sich nach vorn und begann unzusammenhängende Worte zu schreien, während sie auf Steffen einschlug. Der holte irritiert aus und gab Vera einen Kinnhaken, der sie zurückschleuderte. „Du kommst gleich dran", knurrte er und dann rissen starke Hände, die seine Knöchel umfassten, ihn von Iris und Bett.

Rolf Riedel hatte die letzten Meter zur Badeplattform tauchend zurückgelegt und sich, als er sicher war, dass im offenen Cockpit niemand war, hochgezogen. Aus dem Inneren kamen jetzt Kampfgeräusche und das hohe Wimmern einer Frau. Er sah, dass Ellen ins Wasser ging und entschied, nicht auf sie warten zu können. Vorsichtig auftretend lief er nach vorn und ließ sich die Treppe hinab gleiten. Rolf sah die nackten muskulösen Beine eines Mannes durch die schief in den Angeln hängende Tür in den Salon ragen. Noch zwei Schritte und er überblickte die Situation. Der nackte Mann war im

Begriff, die eine der beiden Frauen zu vergewaltigen. Der Mann hatte ihn noch nicht bemerkt und Riedel umfasste die Unterschenkel des Mannes und zog ihn mit einem gewaltigen Ruck in den Salon. Rolf stolperte nach hinten und die nassen Ledersohlen seiner Schuhe gaben ihm keinen rechten Halt. Er stürzte hart auf den Boden und knallte mit dem Hinterkopf auf die unterste Treppenstufe, so dass ihm schwarz vor Augen wurde. Steffen hatte sich blitzschnell von seiner Überraschung erholt und warf sich auf seinen benommenen Feind. Es gelang ihm einen Arm um Riedels Nacken zu schieben und drückte nun mit der anderen Hand Riedels Kinn nach oben, um seine Halswirbel zu brechen. In Riedels trainiertem Hirn erschienen all die Abwehrreaktionen, die ihm in langen Dienstjahren antrainiert worden waren und er versuchte sie anzuwenden, aber Steffen war sehr stark und umklammerte ihn unbarmherzig und dann dachte Riedel daran, dass er vielleicht diesmal nicht siegen würde und Sunny nie wiedersehen würde… Sein Widerstand wurde stärker, aber Steffen schien das nichts auszumachen. Plötzlich schrie er laut auf und sein Griff ließ nach.

Iris hatte einen Moment gebraucht, um sich in die plötzlich geänderte Situation zu finden. Eben hatte sie noch ergeben darauf gewartet, dass sie vergewaltigt und sicherlich ermordet werden würde, dann war das Gewicht des Ohrabschneiders plötzlich nicht mehr auf ihr. Sie richtete sich auf und sah den nackten Malchow auf ihrem Retter liegen. Vera schrie immer noch unzusammenhängende Worte und Iris sah befremdet, dass sie das Bett besudelt hatte vor Angst. In Iris flammte Wut auf und sie stand auf und sah sich nach einer Waffe um, konnte aber nichts finden. Sie warf sich nach vorn und nahm Malchows Hoden in beide Hände und dann drückte sie mit aller Kraft zu.

Der Druck auf sein Kinn ließ schlagartig nach und Riedel, immer noch benommen, aber schon aktionsfähig, suchte mit der linken Hand nach etwas, was sich als Waffe verwenden ließ. Er ertastete neben der Treppe den Feuerlöscher, der viel zu klein war, um einen Brand zu löschen, was dem Bootseigner aber anscheinend egal gewesen war. Hauptsache preiswert! Nun aber war er die ideale Waffe. Rolf riss ihn hoch und hieb ihn dem sich Iris zuwendenden Malchow über den Schädel. Aus seiner Lage heraus – immer noch am Boden und halb unter Malchow, konnte er aber nicht genug Kraft aufwenden, um den Mann bewusstlos zu schlagen. Iris schrie jetzt laut und schmerzerfüllt, denn Malchow riss ihren Kopf an ihren langen Haaren hin und her, um sie abzuschütteln. Aber Iris wusste, dass sie nicht loslassen durfte und verstärkte ihren Druck. Riedel hieb erneut zu und Malchow stieß ihm seinen Ellenbogen- mehr unbewusst- an die Schläfe, was ihn erneut ohnmächtig werden ließ.

Ellen hatte sich an der Badeplattform hochgezogen und sah gerade noch, wie Riedel – halb unter einem großen nackten Mann liegend, zwischen dessen Beinen eine ebenfalls nackte Frau kniete und dessen Hoden zerquetschte, zusammensackte. Sie stieg zwei Stufen hinab und konnte gerade noch den Feuerlöscher, der Riedels Hand entfiel auffangen. Aus ihrer Position konnte sie Malchow nicht erreichen, denn der Fuß der Treppe war von den beiden großen Männern verstopft. Ellens Gedanken wirbelten, dann zog sie den Entsicherungsstift des Löschers, nahm den kleinen Schlauch in die Hand und drückte den Auslöser nach unten. Es zischte laut und Malchow wandte sich der neuen Bedrohung zu. Außer dem Zischen war bisher nichts erfolgt, denn der Löscher war zum letzten Mal vor einigen Jahren gewartet worden. Ellen drückte nochmal auf den Auslöser und ihre rechte Hand mit dem Ende des Schlauches war nur einige Zentimeter von Malchows Gesicht entfernt und nun schoss das Löschpulver, auf dessen Behälter ein rotes Warnsymbol vor dessen Giftigkeit warnte, in Steffen Malchows Augen und Nase. Er wollte schreien, schrie sowieso schon wegen der Schmerzen an seinen Hoden und der eiskalte und giftiger Schaum füllte seinen aufgerissen Mund und seine Kehle und er erschlaffte...

Dr. Drachte wurde immer nervöser. Weder der Entführer noch Kreienboom, noch Ellen Hamann meldeten sich. Stunde um Stunde saß er da und wartete, aber sein Telefon blieb stumm. Schließlich hielt er es nicht mehr aus und machte sich auf den Weg zu Fred Kreienbooms Wohnung. Aber auch dort gab es keine Reaktion auf sein hartnäckiges Klingeln.

In eben diesem Moment stieg Fred Kreienboom aus dem Taxi, dass ihn vom Berliner Hauptbahnhof zum Flughafen Tegel gebracht hatte. Auch er war sehr nervös und versuchte nicht an Vera und das, was Helmut Klee vielleicht mit ihr machen würde zu denken. Ihm blieb nicht viel Zeit, denn der Zug hatte Verspätung gehabt und die Hostess am Check-in Schalter sagte „Da hamse aber Jlück jehabt, juter Mann", als sie ihm seinen Boardingpass gab und dann sagte sie noch „Juten Fluch…" und wandte sich dem nächsten Gast zu. Dann hatte er aber doch noch Zeit für ein Bier und ein Sandwich, denn der Abflug verspätete sich unerwartet wegen eines technischen Problems an dem in Orange und Weiß lackierten Airbus der Easyjet. Endlich konnte er einsteigen und als das Flugzeug in einer weiten Kurve Kurs nach Westen war, dachte er an sein neues Leben, die „Kondor", die jetzt in ihrem Container ebenfalls nach Gran Canaria unterwegs war und an das Geld, dass in einem Gepäckraum unter ihm in seiner Reisetasche verstaut war und sein weiteres Leben finanzieren würde.

Ebenso wie Drachte war Helmut Klee durch den Wind. Dutzende von Malen hatte er versucht, Fred Kreienboom zu erreichen. Auch das Handy Malchows klingelte unzählige Male, lag aber in Malchows Hose am Kieselstrand von Helnaes und nun war der Akku fast leer. So etwas war Klee noch nie passiert. Ein völliger Kontrollverlust. Wütend rief er

Drachte an, der entnervt in sein Büro zurück gegangen war und sofort abhob. „Wo ist Kreienboom!" schrie der Mann am anderen Ende. „Ich kann nicht erreichen..." Drachte zuckte zusammen. „Ich...ich habe ihm das Geld gegeben und dachte, sie hätten ihn angerufen". Ach Blödsinn!" schrie Helmut Klee, jetzt völlig seinen „Akzent" vergessend. „Sagen sie mir sofort, wo er ist sonst..." Er ließ offen, was sonst wäre, aber beiden Männern wurde plötzlich klar, dass irgendetwas nicht so gelaufen war, wie sie es gedacht hatten. „Scheiße", sagte Klee noch, dann beendete er das Gespräch. Drachte betrachtete betäubt das Telefon, bevor er es mit zittriger Hand auf den Tisch legte. Eine Viertelstunde wartete er noch, dann wählte er die Nummer der Polizei.

Alice Kreutzer hatte durch ihren Einsatz während des versuchten Terroranschlags in Travemünde viel Lob bekommen und leitete nun eine Abteilung der Kriminalpolizei Lübeck, die sich mit Menschenhandel und Entführungen beschäftigte. Der Beamte, der Drachtes Anruf entgegen genommen hatte musste zunächst mühsam aus dem hörbar entnervten Anrufer herausbekommen, was der überhaupt wollte, dann aber griffen die Rädchen sehr schnell ineinander. Als erstes erschien ein Streifenwagen mit Blaulicht und Martinshorn vor Drachtes Haus in der Mengstraße. Als Alice Kreutzer und ihr Kollege Steinhaus ihren Passat an der Untertrave abstellten und in die Mengstraße einbogen war Alice entsetzt. „Machen sie sofort die Sirene und das Blaulicht aus", herrschte sie die uniformierten Kollegen an. „Dies ist ein Entführungsfall und wenn das Haus beobachtet wird..." „Jawohl, Frau Hauptkommissarin", sagte der ältere der beiden Schutzpolizisten und Alice schickte sie weg. Oberkommissar Steinhaus grinste, aber Alice sah ihn finster an. Er folgte ihr die drei Stufen hinauf zur Haustür. Drachte erwartete sie schon im Flur. „Endlich", sagte er und führte sie in sein Büro. Alice sah sich um. Dunkle gediegene Möbel… eben das Büro eines erfolgreichen Anwalts. Drachte bot den beiden Kriminalbeamten Platz an und berichtete stockend und unzusammenhängend von der Entführung. Steinhaus machte sich Notizen. „Nun mal langsam, Herr Dr. Drachte", unterbrach Alice Kreutzer den konfusen Redestrom. „Bitte von Anfang an…" Drachte nahm einen Schluck Cognac. „Möchten sie auch?" fragte er, aber Alice schüttelte den Kopf. „Also, wer ist entführt worden…?" fragte sie nach und langsam berichtete Drachte, der sich nun etwas fing, was er wusste. Dann fiel ihm etwas ein und er sprang auf. „Moment…", krächzte er und holte die Tupperdose aus dem Kühlschrank, die er total vergessen hatte. „Hier, sehen sie selbst", sagte er und Steinhaus, der den Deckel abgehoben hatte, wich zurück. „Scheiße…", sagte er und Alice, die eben dasselbe gedacht hatte schluckte. „Sie hätten uns viel eher alarmieren müssen" klagte sie den Anwalt an. „Wir dachten doch, wenn wir zahlen, kommt sie frei und die haben doch gesagt, keine Polizei…", schrie Drachte. Alice sah aus dem Fenster. „Na gut", sagte sie dann. „Was wissen sie über den Anrufer? Und wo ist Herr Kreienboom jetzt?" „Keine Ahnung, wo der ist", flüsterte Drachte und legte eine Hand an seine Stirn, die ihm zu glühen schien. „Das Geld… wenn das weg ist. Gottohgott, die Chinesen…" Die beiden Polizisten sahen sich irritiert an. „Was für Chinesen?" fragte Oberkommissar Steinhaus, denn von Chinesen hatte Drachte bisher noch nicht gesprochen.

Es war mittlerweile dunkel geworden. Von Falsled und den anderen Küstenorten schimmerte die vielfältige Beleuchtung der Restaurants herüber, aber dafür hatten die vier im offenen Cockpit der Motoryacht sitzenden heute keinen Blick. Vorn in der Kajüte, die Veras Gefängnis gewesen war, lag die Leiche Steffen Malchows, der innerhalb von wenigen Minuten gestorben war. Riedel, der sich dank seiner guten Kondition schnell wieder erholt hatte und schon von seiner „robusten" Dienstzeit her bei den Kampfschwimmern der Bundesmarine Bekanntschaft mit dem Tod und Leichen gemacht hatte, hatte den Toten nach vorn gebracht, auf die Koje gelegt und mit der Decke bedeckt. Riedel und Ellen konnten mit der Situation umgehen, aber Iris hatte fast eine Stunde lang haltlos geweint und Ellen hatte viel Mühe aufgewendet, um sie zu beruhigen, in dem sie sich neben sie setzte und ihren Arm streichelte. Mittlerweile war ihr Vorrat, oder der des Bootsbesitzers, an Cognac aufgebraucht, denn sie alle hatten einen Schluck nötig gehabt. Die größte Überraschung in dieser Lage war Vera, die vorhin sozusagen mit dem Leben abgeschlossen hatte und nun vor Glück und Lebensfreude zu sprühen schien. Ellen wusste, dass das auch wieder umschlagen würde, aber vorerst war das so. Riedel hatte ein Windlicht auf den kleinen Cockpittisch gestellt und sie berieten. „Wir müssen die Polizei holen, hilft nichts", sagte Ellen. „Wir haben den da…" sie wies mit der Hand nach vorn und müssen auch in Lübeck allerhand erklären." Alle schwiegen. „Ich muss ins Gefängnis…", sagte Iris leise und begann wieder zu schluchzen. „Du kriegst sicher mildernde Umstände", sagte Riedel. „Danke nochmal für deine Hilfe. Der hätte mir das Genick gebrochen, wenn du nicht eingegriffen hättest. Du auch Ellen. Du konntest nichts anderes tun." „Ich möchte nicht, dass Iris ins Gefängnis muss", sagte Vera ernst. „Sie hat mich gut behandelt und uns heute mit ihrem Mut gerettet. Können wir das nicht anders regeln?" Ellen schüttelte leicht den Kopf. „Sie könnte jetzt gehen… Den Wagen von diesem… Arschloch nehmen und abhauen, aber wenn sie geschnappt wird, weil ihre Mittäter sie verraten, ist sie doppelt dran." „Wie bist du überhaupt in diese Sache geraten?" fragte Riedel und Iris berichtete, dass ein Gastronom aus Lübeck, von dem sie nur den Vornamen Helmut kannte und für den sie einmal aushilfsweise gearbeitet hatte sie wegen ihrer Kenntnis von Booten angeheuert hatte. Dann gab es da noch diesen Mann in Travemünde, der die betäubte Vera auf die Yacht gebracht hatte. Veras Kopf ruckte hoch „Fred? Aber…" Sie konnte es nicht glauben. Der Abend in Travemünde stand ihr plötzlich vor Augen. Fred hatte sie dorthin bestellt, um ihr die Papiere zu übergeben. Gesehen hatte sie ihn nicht. Der Mann, der ihr den Lappen mit dem Betäubungsmittel aufs Gesicht gedrückt hatte, war unvermutet von hinten gekommen, aber wenn sie sich zu erinnern versuchte, fühlte sich sein Körper wie Fred an… Ellen beugte sich vor. „Erklär das mal genauer", forderte sie Vera auf und die sprudelte die ganze Geschichte ihrer Trennung und dem Verkauf der Firma hervor. „Der steckt mit drin", sagte Riedel mit Überzeugung als Vera geendet hatte und schenkte Vera Rotwein nach. „Mir auch", sagte Iris kläglich und dann saßen sie schweigend da und tranken. „Hoffentlich hat Drachte noch nicht bezahlt", sagte Vera, der Ellen von der Geldforderung erzählt hatte. „Ich muss den sofort anrufen", rief Ellen und wollte aufstehen, aber Riedel hielt sie zurück. „Erst müssen wir klären, wie wir das hier regeln wollen", mahnte er. „Polizei? Müssten wir eigentlich, aber dann kommen wir hier nie weg. Bis das alles geklärt ist… Der Tote und die Geschichte mit der Entführung und dem Ohr… und Iris ist dran. Wollen wir das?" Ellen zuckte die Schultern. „Was sonst? Uns bleibt nichts anderes übrig. Schließlich wollen wir ja auch, dass dieser Helmut und Herr Kreienboom gefasst werden." Vera hatte stumm zugehört. In ihrem Inneren kochte der Hass auf ihren Mann. „Ich will nicht, dass Iris ins Gefängnis muss", sagte sie nochmal. „Wenn es möglich ist, das hier... anders zu regeln, möchte ich sie beide", sie sah Ellen und Riedel an „engagieren, um Fred und diesen Helmut zu fassen." Riedel trank stumm sein Glas aus. „Wir könnten das so machen...", schlug er vor und dann stimmten sie ab.

Kurz nach Mitternacht klingelte Drachtes Telefon. Er hatte bisher nicht geschlafen und würde es wohl auch nicht können. Alice Kreutzer und ihr Kollege Steinhaus waren gegangen und Alices Visitenkarte mit ihrer Nummer und der Aufforderung sie jederzeit anzurufen, wenn es eine „Entwicklung" gäbe, lag auf seinem Schreibtisch. „Wir haben Frau Kreienboom", sagte Ellen. Es geht ihr soweit gut, bis auf das Ohr und wir bringen sie nach Hause. Haben sie das Geld noch?" „Drachte sackte innerlich zusammen. „Gott sei Dank", stammelte er. „Wie... Wo... Nein, ich habe das Geld Herrn Kreienboom gegeben" , sagte er noch, aber Ellen musste das Gespräch beenden, weil auch ihr Handy aus dem letzten Akkuloch pfiff. Sie saß mit Vera in ihrem Wagen. Die letzten Stunden waren hektisch gewesen. Iris hatte aus der Vorderkajüte ihre und Veras Sachen geholt, wobei sie es wenn irgend möglich vermied, die Leiche Steffen Malchows anzusehen. Riedel hatte sorgfältig den Rest des Bootes nach Spuren, die auf Iris hinweisen konnten abgesucht. Iris hatte Ellen und Vera an Land gerudert, wo Ellen, die bisher nur ein Badetuch umgelegt hatte sich ihre vorhin am Strand abgelegten Sachen anzog. Ihr Handy, dass in der Tasche ihrer Jeans steckte, war voller Nachrichten. Verpasste Anrufe von Drachte und anderen und die Akkuanzeige wies gegen Null. Iris ruderte zur Yacht zurück und Ellen führte Vera zu ihrem Wagen. Sie machte den Anruf bei Drachte und fuhr los.

Auf der Yacht hatte Riedel mittlerweile allerlei brennbares, darunter das Buch eines Scharbeutzer Schriftstellers, das Iris mitgebracht hatte angehäuft und mit Benzin übergossen. Dann stellte er ein Windlicht mitten in die Benzinlache, riss ein Streichholz an und entzündete den Docht. Er vergewisserte sich, dass die Flamme brannte, dann stieg er über das Heck der Yacht in das Schlauchboot, in dem Iris wartete und sie ruderte ans Ufer. Sie stiegen aus und Riedel gab dem Boot einen Stoß, der es zurück in Richtung Yacht trieb. „Komm", sagte Riedel rau und sie wandten sich dem Wäldchen zu, als sie erstarrten. Dort in den Büschen klingelte ein Telefon... Riedel rannte hin und sah zu seiner Erleichterung im fahlen Mondschein das Häuflein mit Malchows Kleidung, in dessen Tasche das Handy klingelte. Riedel hatte damit gerechnet, den Golf kurzschließen zu müssen, was er zum Glück einmal gelernt hatte, aber nun hatten sie den Schlüssel. Riedel nahm das

Handy und warf es in hohem Bogen ins Wasser. Außer dem Schlüssel nahm er noch Malchows Geldbörse und die Papiere an sich.

Auf der Yacht verdunstete das Benzin und als die Gase die Flamme des Dochtes umwaberten, gab es eine Verpuffung, die das ganze Innere des Bootes augenblicklich in Flammen setzte. Riedel hatte auch die Vorderkajüte und das Bett gut mit Benzin getränkt, das nun zum Scheiterhaufen für Steffen Malchow wurde. Iris stieß einen leisen Schrei aus und auch Riedel war überrascht, wie schnell der Brand sich ausbreitete, ergriff ihren Arm und zog sie im Laufschritt zu Malchows Golf. Riedel schloss auf und Iris wischte den Unrat vom Beifahrersitz. Dann fuhren sie über die menschenleere Straße. Iris sah noch einmal zurück und sah einen Feuerschein dort, wo sie das Boot wusste. Erst zwei Kilometer hinter der Brücke zum Festland musste Riedel zur Seite fahren, weil ihnen mit Blaulicht und Sirene ein Löschzug der Feuerwehr entgegen kam, den ein Fischer aus Falsled alarmiert hatte.

„Gott sei Dank", sagte Alice Kreutzer und Steinhaus sah sie neugierig an. „Frau Kreienboom ist von Ellen gefunden worden und auf dem Weg zurück in ihr Haus nach Hemmelsdorf." „Ellen?" fragte Steinhaus, der noch nie etwas von einer Ellen gehört hatte. „Sie hat hier mal gearbeitet und mich mit ausgebildet. Es gab einen schrecklichen Unfall bei einem Einsatz, wobei sie aus Versehen ihren Partner erschoss… Sie hat gekündigt und arbeitet jetzt als Versicherungs-Detektivin." Jetzt erinnerte sich Steinhaus, der damals noch in Schwerin gearbeitet hatte, dunkel an die Geschichte, die sich vor seiner Zeit hier zugetragen hatte. „Tragisch", sagte er. „Wo hat sie die Frau gefunden?" Alice zuckte die

Schultern. „Irgendwo in Dänemark", sagte der Anwalt. Sie sah auf die Uhr. Keine Ahnung, wann die in Hemmelsdorf ankommen. Wir machen erst mal Feierabend und fahren dann morgen so um neun da hin. Steinhaus nickte erleichtert. Seit über zwölf Stunden waren sie jetzt im Dienst und seine Frau würde mal wieder kein Verständnis haben. Sie verabschiedeten sich vor dem Eingang zum Präsidium und Alice fuhr in ihre kleine gemütliche Wohnung im Stadtteil Moisling. Sie lebte allein, denn zwei gescheiterte Beziehungen hatten ihr gezeigt, dass ihr Schichtdienst für viele interessante Männer nicht in Frage kam. Sie wusste, dass sie sich nun bald entscheiden musste. Karriere oder Familie, denn ihre biologische Uhr tickte schon ziemlich kurz vor zwölf. Jetzt aber war sie zu müde, um darüber nachzudenken, aß ein paar Stücke Schokolade als Abendessen-Ersatz und schlief, nachdem sie es gerade noch geschafft hatte ihre Schuhe abzustreifen, auf dem Sofa ein.

Fred Kreienboom war froh, dass der Flug zu Ende war. Mit quietschenden Reifen setzte der Airbus 320 auf dem Flughafen von Gran Canaria auf und rollte zum Gate. Fred schwor sich, nie wieder mit dieser Gesellschaft zu fliegen, die offensichtlich versuchte einen Rekord in Engbestuhlung aufzustellen. Es dauerte scheinbar endlos bis die Menge vor ihm, die den Mittelgang verstopfte den Weg zum Ausgang frei gab. Wider erwarten kam aber das Gepäck recht schnell und er sah seine Reisetasche schon von weitem auf dem Förderband, ergriff sie und wandte sich dem Ausgang zu. Es war schon spät und er überlegte, sich gleich hier in einem Hotel in der Nähe des Flughafens ein Zimmer zu nehmen, aber dann stellte er sich den Ausblick aus dem Frühstücksraum des Senses-Hotels am Yachthafen von Puerto Mogan vor und hatte Glück, dass der Nachtportier, der ans Telefon ging, ihm ein freies Zimmer anbieten konnte. Ein Taxi brachte ihn dort hin und die Bar, an der ein paar nimmermüde Engländer sich über die Erlebnisse des Tages austauschten, war noch geöffnet. Fred setzte sich auf einen freien Hocker und war überrascht, dass der Barkeeper ihn mit Namen ansprach. „Senor Kreienboom, einen Weißwein wie immer?" „Phänomenales Gedächtnis…", dachte Fred, der sich an diesen Kellner von seinem letzten Aufenthalt her nicht erinnern konnte. „Ja bitte, Pedro", sagte er und war froh, dass das Personal Namensschilder an ihrer Kleidung hatte. Es stellte sich heraus, dass die Engländer Segler waren, die wie er an der Transatlantikregatta nach San Lucia teilnehmen wollten und bald war er Teil der Runde. Erst gegen drei Uhr löste sich zu Pedros Erleichterung die Versammlung auf. Fred nahm sein Gepäck, dass er in einer Ecke der Bar geparkt hatte und erst im Fahrstuhl fiel ihm siedend heiß ein, wie leichtsinnig das gewesen war, denn er hatte es nicht im Blick gehabt und zwischen seiner Wäsche lagen zehn Millionen Euro…

Ellen parkte, von Vera hierher gelotst, vor dem großen Haus am Hemmelsdorfer See. Sie war noch nie hier gewesen und hätte die versteckt liegende Einfahrt in den parkähnlichen Garten wohl nicht gefunden. Nach Durchfahrt des Gartentores flammten Lampen auf, die Einfahrt und Hausfassade in helles Licht tauchten. „Bewegungsmelder", sagte Vera lakonisch. Ellen bestaunte die an eine Kolonialvilla erinnernde Fassade des weißen Hauses, die sie unwillkürlich an den Film „Vom Winde verweht" erinnerte, den sie früher so geliebt hatte.

„Kommst du bitte mit", fragte Vera, die sich ein wenig davor fürchtete die Nacht allein zu verbringen. Sie hatten sich während der Fahrt viel unterhalten und ein bisschen angefreundet. Ellen stieg aus und folgte Vera, die den Schlüssel aus ihrer Handtasche kramte und aufschloss. Sie machte überall im Erdgeschoss Licht und Ellen bewunderte einmal mehr die stylistische und sichtbar teure Einrichtung. „Mach`s dir bequem", forderte Vera sie auf und Ellen ließ sich in riesiges Ledersofa sinken. „Ich bring gleich was zu trinken. Was möchtest du?" rief Vera aus der Küche. „Prosecco?" antwortete Ellen und Vera entnahm dem Kühlschrank eine Flasche und brachte sie ins Wohnzimmer, dass etwas größer war, als Ellens ganze Wohnung. Selbst jetzt im Dunkeln konnte man durch die riesigen Fenster den See glitzern sehen, an dessen Ufer das Grundstück grenzte. Ein paar antik anmutende Leuchter-Kandelaber standen dort und tauchten Bäume und Büsche in ein geisterhaftes Licht. Vera nahm ein paar Gläser aus dem Schrank und goss ein. „Ah, das tut gut", sagte sie dann. „Hast du Hunger?" fragte sie Ellen, der erst jetzt auffiel, dass sie seit der Rast auf der Fahrt nach Helnaes nichts mehr gegessen hatte. „Ja, hab ich", antwortete sie. Vera sprang auf. „Ich seh mal, was da ist. Magst du Pizza?" Ellen lachte. „Hab mich Jahre lang von nichts anderem ernährt." Vera verschwand in der Küche und entnahm dem Tiefkühlschrank ein paar Fertigpizzen, startete den Backofen und schob die Pizzen hinein. Sie fand eine Dose gesalzene Erdnüsse und eine Tafel Schokolade und stellte sie auf ein Tablett. „Für die Wartezeit", sagte sie, als sie die Snacks auf den Glastisch stellte. Sie streifte ihre Schuhe ab und setzte sich neben Ellen in die andere Ecke des Sofas. „Wie geht's jetzt weiter?" fragte Vera nachdem sie eine Weile über andere Dinge geredet hatten. Ellen dachte einen Moment nach. „Ich glaube, es war ein Fehler die Polizei in Dänemark außen vor zu lassen. Sie werden das

Boot untersuchen und wenn sie etwas finden… Die sind ziemlich kompetent, die Kollegen dort." Sie zuckte die Schultern. „Wir haben uns alle schuldig gemacht… mehr oder weniger." „War doch Notwehr", wandte Vera ein und Ellen sah sie an. „Ja schon, aber dass hätte eine Untersuchung und ein Gericht entscheiden müssen, nicht wir. Na egal, jetzt ist es ohnehin zu spät, das noch zu ändern." Vera schenkte nach, hob ihr Glas und sagte „Ich bin so froh und dankbar, dass dieser Alptraum ein Ende hat." Sie verzog das Gesicht, denn in diesem Moment stach ein Schmerz durch ihre Ohrwunde. Ellen bemerkte das. „Was…wie erklärst du das einem Arzt?" Vera winkte ab. „Gleich hier nebenan in Warnsdorf gibt es eine Schönheitsklinik. Hab da schon mal was machen lassen. Sie schob mit beiden Händen ihren Busen hoch und grinste. Dr. Martens ist sehr gut und… ein Freund." Ellen lachte. „Vergrößert oder verkleinert?" „Bisschen vergrößern und in Form bringen lassen", antwortete Vera und Ellen, die auch gern etwas mehr Oberweite gehabt hätte, starrte auf Veras Busen. Ellen trank und sagte „Willst du Riedel und mich tatsächlich engagieren, um deinen Mann und diesen Helmut…" „Klee", warf Vera ein. „Das kann nur dieser schmierige Helmut Klee sein, mit dem Fred Golf spielt. „Hatte ich vergessen. Der hat Lokale hier überall." „Passt auch zu dem, was Iris gesagt hat", meinte Ellen. Vera nickte heftig. „Ja klar engagiere ich euch. Schnappt die Kerle." Ellen schwieg eine Weile. „Und dann?" fragte sie. „Dann müssen wir doch zur Polizei…" Vera goss nach. „Prost", sagte sie. „Das entscheiden wir, wenn es soweit ist." Ein lautes Klingeln ertönte aus der Küche. „Pizza ist fertig", rief Vera und sprang auf und dann staunte Ellen, wie gut TK Pizza schmecken konnte, wenn man nur ausreichend hungrig ist.

Sie kamen sehr spät ins Bett. Es blieb nicht bei der einen Flasche Prosecco. Ellen schlief tief und traumlos in einem für sie unfassbar bequemen Bett in Veras Gästezimmer. Vera wachte schon früh auf, denn sie hatte sich dummerweise beim Umdrehen auf ihre Wunde gelegt und der Schmerz hatte sie geweckt. Nachdem sie vergeblich versucht hatte wieder einzuschlafen, stand sie auf, zog sich einen Jogginganzug über und machte sich einen Kaffee. Ihr Handy, das sie am Abend in die Ladestation gesteckt hatte, war voller Nachrichten und sie las und hörte sie ab. Jonas war mehrfach vertreten. Die letzte Nachricht stammte erst von gestern. „Na gut, dann eben nicht. Bist mir sowieso zu alt. Ich werfe den Schlüssel in den Briefkasten…" Schluss… Freizeichen. Vera löschte die Nachricht und ging zum Briefkasten. Der Schlüssel lag zwischen Briefen und Werbung und Vera war sich einen Moment unschlüssig, ob sie nun betrübt oder froh sein sollte, dieses –zugegeben, im Bett tolles Bürschchen - los zu sein. Einen weiteren Kaffee später wusste sie es. „Jonas? Wer ist Jonas…", sagte sie sich und lachte. „Guten Morgen, kann ich mit lachen?" fragte Ellen, die nach ausgiebiger Dusche ins Wohnzimmer trat. „Ach nichts Besonderes", sagte Vera. „Kaffee?" und Ellen, die ein leichter Brummschädel plagte, nickte. Sie wies auf die drei leeren Flaschen, die noch auf dem Tisch standen. Ellen. „Haben wir die alle gestern…?" Vera nickte und nahm die Beweisstücke mit in die Küche aus der bald die Geräusche der Hightech-Kaffeemaschine ertönten.   Nach dem zweiten Kaffee wollten sie nach Timmendorf fahren, um dort im Cafe Fitz zu frühstücken, denn Veras Kühlschrank gab dergleichen im Moment nicht her, aber dazu kam es nicht. Es läutete an der Tür und als Vera öffnete, standen da ein Mann und eine Frau. Die Frau lächelte und hielt Vera ihren Ausweis entgegen. „Guten

Morgen. Kriminalpolizei Lübeck. Hauptkommissarin Kreutzer. Das ist mein Kollege Steinhaus. Frau Kreienboom?"

Rolf Riedel hatte Iris nach Scharbeutz gebracht und sie verabschiedeten sich vor dem Haus, in dem ihre Wohnung lag. Es gab nicht mehr viel zu sagen, denn sie hatten sich die ganze Fahrt von Dänemark über das, was sie nun tun würden unterhalten. „Am besten wäre es, du würdest eine Weile von der Bildfläche verschwinden", hatte Riedel ihr geraten. „Weißt du, wo du hin kannst?" Iris dachte ein bisschen nach. „Ich habe im letzten Jahr in einem Yachthafen in Kroatien gearbeitet. Da kenne ich ein paar Leute." Sie dachte an Josip, mit dem sie einige schöne Wochen verbracht hatte und der ihr immer noch glühende Whats App Mitteilungen schrieb. Sie hatte eigentlich nicht vorgehabt dort noch einmal hinzufahren, aber… „Ich fahre nach Baska." „Ah, Insel Krk", sagte Riedel. Kenn ich von früher. Hab da mal Campingurlaub gemacht. Schöne Gegend." Iris nickte. „Ja, schöne Gegend." Josip würde sie aufnehmen, blieb nur das Problem, dort wieder weg zu kommen, denn Josip war nicht die Erfüllung ihrer Träume… „Ok, wenn was ist, ruf mich an." Rolf Riedel hatte ihr während der Fahrt seine Handynummer gegeben und sie hatte sie gleich eingespeichert. Er mochte die Frau und war froh, sie nicht der Polizei ausgeliefert zu haben. Sie stieg aus und nahm ihre Reisetasche vom Rücksitz. „Noch was", sagte Riedel. „Lass dich nicht mehr mit solchen Leuten ein, versprochen?" Sie grinste schief. „Versprochen", antwortete sie und warf die Tür zu. Riedel gab Gas und sie sah dem Wagen nach, bis er um die Ecke verschwand. Sie war unruhig, denn vielleicht hatte dieser Helmut noch ihre Adresse von ihrer Aushilfszeit in seinem Lokal her. „Bloß weg hier", dachte sie und begann frische Sachen in ihre Reisetasche und ihren Wagen zu packen. Ein bisschen müde war sie, aber nach zwei starken Kaffee verschloss sie ihre Wohnung und fuhr los. Sie hatte Josip eine Whats App geschickt und er hatte geantwortet. „Super! Komm schnell." Man würde sehen…

Rolf Riedel fuhr Steffen Malchows Golf auf den Parkplatz des LUV-Centers in Dänischenburg, schloss ihn ab und warf die Schlüssel in einen Papierkorb. Er hatte Bärenhunger und aß bei McDonald ein paar BicMäcs, dann ging er über die Fußgängerbrücke zum Bahnsteig und saß kurz darauf im Zug nach Travemünde, wo er schon zehn Minuten später ankam. Nur noch ein kurzer Spaziergang vom Strandbahnhof zu seiner Wohnung in der Kaiserallee und zu Sunny…

Es war die größte Aufregung, die Helnaes seit dem Absturz eines englischen Mosquito-Bombers im zweiten Weltkrieg erlebte. Drei Fahrzeuge der Feuerwehr versperrten die Straße und ihre Blaulichter warfen zuckende Lichtreflexe auf das Wasser des kleinen Beltes. Kommissar Jannesen und sein Assistent mussten ein Stück entfernt parken und machten sich fluchend auf den Weg zum Brandort. Es hatte begonnen, leicht zu nieseln und die Steine des Strandes waren schlüpfrig. Das Boot, das hier brennen sollte war nirgends zu sehen,

135

aber ein paar Feuerwehrleute standen in einem Haufen ein Stück entfernt am Strand. Jannesen ging hin und stellte sich vor. „Brandmeister Oenswald", sagte einer der behelmten Männer. Er wies auf die Wasserfläche, wo man bei genauem Hinsehen ein paar Teile schwimmen sehen konnte. „Als wir kamen, brannte das Motorboot in voller Ausdehnung. Keine Chance, da ranzukommen. Zu weit weg. Per…", er deutete auf einen der Männer, „wollte ein Schlauchboot aus dem Wagen holen, aber dann gab es eine Explosion, wahrscheinlich die Gasflaschen, und das Boot sank." Er zuckte die Schultern. „Der Tauchtrupp aus Svendborg muss gleich da sein." Jannesen nickte. „Konnten sie den Namen des Bootes erkennen?" fragte er hoffnungsvoll, aber Oenswald schüttelte den Kopf. Für Jannesen war es der erste Bootsunfall, den er bearbeitete und er wusste nicht genau, was jetzt zu tun war. Zum Glück wusste Oenswald Bescheid. „Das Boot muss gehoben und untersucht werden, wenn die Taucher da sind. Erst mal gucken die, ob da Leute an Bord waren." Jannesen nickte „ Ja, Leute…", sagte er beklommen und hoffte, dass es keine Leute geben würde. „Leiten sie das mit der Hebung ein?" fragte er Oenswald, der nickte. „Hab schon mit der Werft in Middelfart gesprochen. Die schicken morgen eine Prahm mit Kran. Ihre Kollegen aus Odense sind die Spezialisten für sowas und werden das Wrack untersuchen."

Sie warteten über eine Stunde auf die Taucher aus Svendborg und dann dauerte es nochmal fast eine Stunde bis Jannesen mit einem von ihnen sprechen konnte, der gerade aus dem Wasser kam und seine Maske abnahm. „Alles zerstört von dem Brand. Man kann nicht rein. Auf dem Grund rings um das Wrack liegt niemand." Dank der geringen Wassertiefe, des glatten Sandbodens und der starken Unterwasser-

Scheinwerfer hatten die Taucher das Umfeld der gesunkenen Yacht absuchen können. Jannesen wollte sich schon abwenden, da sagte der Taucher „Ach ja, das Boot heißt „Südwind" Heimathafen Neustadt in Deutschland. Konnte man noch ganz gut auf dem Heck lesen." Jannesen schrieb es in sein Notizbuch und stand noch ein wenig unschlüssig herum, dann verabschiedete er sich von Oenswald, der fluchte, weil sich nun im Licht der Scheinwerfer eine kleine schillernde Ölspur an der Oberfläche ausbreitete, die aus dem geborstenen Tank der Yacht stammte. Seine Männer waren schon dabei, aufblasbare Gummischläuche um die Stelle auszubringen, unter der die Yacht lag. Für die Feuerwehrmänner würde es eine lange Nacht werden und Jannesen war froh, sich verabschieden zu können. Er fuhr mit seinem Assistenten zurück nach Assens, machte sich erst mal einen heißen Tee und überlegte, was er nun tun sollte. Er rief die Kriminalbereitschaft in Odense an, wo man die wenigen Fakten aufnahm und Jannesen bat, per Fax einen vorläufigen Bericht zu schicken. „Wir untersuchen dann das Wrack, wenn es gehoben ist und dann sehen wir weiter", sagte der Kollege und damit war der Fall für Jannesen abgeschlossen.

Helmut Klee war wütend und aufgeregt. War dieser Kreienboom verrückt geworden? Nach vielen vergeblichen Versuchen ihn telefonisch zu erreichen war er nach Lübeck gefahren und hatte an der

Wohnungstür Kreienbooms Sturm geklingelt, sich aber nur die Schimpftirade einer älteren Dame eingehandelt, die die Nebentür öffnete und den Ruhestörer beschimpfte. „Der ist nicht da", herrschte die alte Dame Klee an. „Hab gesehen, wie der mit so einem Rollkoffer weg ist. Gestern Nachmittag." „Mit dem Auto?" fragte Helmut Klee, aber die Tür der Nachbarin knallte zu. Helmut Klee hatte Glück, denn als ein Auto die Tiefgarage verließ, konnte er hineinschlüpfen, bevor sich das Rolltor wieder schloss. Er kannte Fred Kreienbooms BMW, hatte eigentlich erwartet den Parkplatz leer zu finden, aber da stand er. „Verflucht!" schimpfte er. Er wollte ein Beruhigungsbier in den Hanse-Stuben nehmen, aber da war schon zu. Unruhig stapfte er Richtung Bahnhof und fand endlich am Lindenteller eine kleine, noch geöffnete Kneipe, in der ein paar lautstarke Zecher am Tresen saßen. Er setze sich in eine kleine Nische und trank ein paar Biere. „Was da wohl passiert ist…", dachte er. Malchow nicht zu erreichen, diese Iris nicht und Kreienboom auch nicht. Morgen… morgen würde er einen von denen auftreiben und dann… „Noch ein Bier!" rief er in Richtung Theke und nach zwei weiteren torkelte er leicht angetrunken nach Hause.

Veras Herz klopfte vor Aufregung. „Ja bitte, was kann ich für sie tun?" fragte sie und die Frau, die sich als Hauptkommissarin vorgestellt hatte sagte „Dürfen wir reinkommen? Ich glaube, sie haben da was zu erklären…" Vera gab automatisch den Weg frei und die beiden Beamten traten ein. Ellen sprang auf als Alice Kreutzer so unerwartet ins Wohnzimmer trat. „Alice..., was machst du denn hier?" fragte sie. Die Angesprochene war überhaupt nicht überrascht Ellen Hamann hier vorzufinden, denn Drachte hatte ihr gesagt, dass Ellen die Entführte nach Hause bringen würde. Oberkommissar Steinhaus stand verlegen im Hintergrund, hörte aber aufmerksam zu. Alice ging auf Ellen zu und umarmte ihre ehemalige Kollegin dann fragte sie „Was ist hier eigentlich los? Dieser Dr. Drachte ruft uns und meldet eine Entführung. Wir wissen überhaupt nicht, wo wir ansetzen sollen, zumal er das Lösegeld schon dem Mann von Frau Kreienboom zur Übergabe gegeben hat und dann ruft er mich an und sagt mir, dass du sie gefunden hast..." Vera trat nach vorn. „Das ist so..." begann sie, aber Ellen brachte sie mit einer Handbewegung zum Schweigen. „Alice, setzt euch erst mal. Das ist eine komplizierte Geschichte." In Ellens Kopf rasten die Gedanken. Sie konnte nur hoffen, dass Vera nicht die Umstände ihrer Befreiung erwähnen würde und sie hoffte auch, dass Vera sich trotz der großen Menge Alkohol an das erinnern würde, was sie letzte Nacht besprochen hatten. Alice nahm ihren Stenoblock, den sie, trotzdem das veraltet war immer noch für Verhöre benutze und Steinhaus aktivierte unauffällig den kleinen Rekorder, den er in seiner Jackentasche hatte. „Nun mal von vorn", sagte Alice und Vera erzählte die Geschichte so, wie Ellen und sie sie besprochen hatten. „Ich war mit verbundenen Augen auf einem Boot gefangen. Wo, weiß ich nicht. Es ist eine ganze Weile gefahren. " Sie schluckte leicht und Alice sah sie bedauernd an. „ Und dann wurde ich an einem Strand ausgesetzt und eine Frau sagte mir, dass ich bald abgeholt werden würde..." „Eine Frau?" fragte Steinhaus und Vera nickte „Ja, eine Frau. Die hat mir auch immer das Essen gebracht." „Und dann?" fragte Alice. „Dann kam Ellen, also Frau

Hamann und holte mich ab." „War das so?" wandte sich Alice an Ellen. Die nickte. „Dr. Drachte hatte mich über die Agentur engagiert. Jemand mit ausländischem Akzent rief mich an und sagte mir, ich könne Frau Kreienboom in der Nähe von Assens auf Fünen abholen. Sie hätten sie frei gelassen. Ich bin dann dort hin gefahren und fand Frau Kreienboom Gott sei Dank an der angegeben Stelle." „Und du hast diesem Drachte nicht gesagt, dass das eigentlich Sache der Polizei ist?" Ellen zuckte die Schultern und Alice Kreutzer nickte. „Wo ist denn ihr Mann, Frau Kreienboom? Ihm möchte ich auch noch ein paar Fragen stellen, wie und wo die Übergabe des Geldes gelaufen ist. Vielleicht finden wir Hinweise auf die Täter." Vera senkte den Kopf. „Der ist weg. Wahrscheinlich steckt er mit diesem Ausländer unter einer Decke." Alice Kopf ruckte hoch. „Kann auch sein, dass er bei der Übergabe…, nun ja, beseitigt wurde", wandte Steinhaus ein und Vera sah ihn irritiert an. „Der war doch der, der mich betäubt hat in Travemünde…" „Sind sie da ganz sicher?" fragte Alice nach. Vera biss sich auf die Lippen. „Nein, ganz sicher bin ich nicht, aber er fühlte sich so an in dem kurzen Moment, bevor ich ohnmächtig wurde. Aber er hat mich doch dorthin bestellt, telefonisch…" „Dazu kann man ihn gezwungen haben", sagte Alice Kreutzer und nun wurde Vera unsicher. „Na, wir schreiben ihn zur Fahndung aus", sagte Alice. „Das ist wirksamer als eine Vermisstenanzeige. Wird sich dann ja rausstellen, was er damit zu tun hat. Wir verabschieden uns dann erst mal, werden uns aber sicher noch mehrmals mit ihnen in Verbindung setzen. Ach… was macht eigentlich ihre Wunde?" Vera griff sich unwillkürlich an den Kopf. Sie hatte das Abschneiden ihres Ohres eben nicht erwähnt und hatte nicht bedacht, dass Drachte das sicher den Polizisten gesagt hatte. „Das… habe ich verdrängt. Nachher habe ich einen Termin bei einem Arzt." „Das ist auf jeden Fall schwere Körperverletzung. Kommt mit in die Anzeige." Alice Kreutzer stand auf und verabschiedete sich von Vera und Ellen. Als sie mit Steinhaus in ihren Dienstwagen stieg sagte sie „Da stimmt was nicht. Ich glaube, die haben uns nicht alles erzählt." „Hab alles auf Band", sagte Steinhaus. „Dann erst mal ins Präsidium. Da hören wir uns alles nochmal an", antwortete Alice und Steinhaus fuhr los.

Vera sah ihnen durch das Fenster nach. „War das ok so?" fragte sie Ellen die nachdenklich aussah. „Ich weiß nicht", sagte sie. Ich kenne Alice Kreutzer. Sie denkt wie ich und ich hätte da so meine Zweifel. Vera kaute an ihren Fingernägeln, was sie seit ihrer Schulzeit nicht mehr gemacht hatte. „Wenn die Polizisten recht haben und Fred unschuldig ist und vielleicht ermordet... OgottoGott..." Ellen seufzte. „Das ist eine Möglichkeit ja, aber die größere Wahrscheinlichkeit ist die, dass er mit in der Sache drin steckt. Wo finde ich diesen Helmut Klee?" Vera schüttelte leicht den Kopf. „Weiß nicht, wo der wohnt. Nur, dass er mit Fred Golf spielt und Lokale hat." „Der Golfclub hier im Ort?" Vera schüttelte den Kopf. „Nein, der am Brodtener Steilufer." Ellen nickte. „Den kenn ich. Ich fahr da mal vorbei. Komm nachher noch mal wieder." Sie nahm ihre Jacke und fuhr los. Vera sah ihr nach, dann schminkte sie sich ein bisschen nach und ging in die Schönheitsklinik, wo sie eine Weile in dem sehr eleganten Wartezimmer auf Dr. Mertens warten musste, der sie aber dann freudestrahlend in die Arme schloss. Er hatte seinerzeit ein paar Mal die Früchte seiner Arbeit selbst genießen können. Er führte Vera in sein Büro und fragte „Reklamation? Habe ich nicht gut gearbeitet"? Er lächelte dabei, aber Vera legte ihr Kopftuch und den Verband ab und nun lächelte er nicht mehr. „O Gott, was ist denn da passiert...", sagte er und streifte Veras Haar nach hinten, um sich die Wunde näher ansehen zu können. „Zum Glück nicht entzündet", murmelte er dann. „Aus bestimmten Gründen möchte ich das diskret behandelt wissen", sagte Vera die leicht zusammen zuckte, als Mertens hier und da die Wundränder befühlte. Er sah sie fragend an, nickte dann aber. Die durchweg betuchte Kundschaft dieses Hauses hatte so ihre Eigenarten. „Ich bau dir ein schönes Neues", sagte er dann. „Kunststoff oder vom Schwein?" Vera dachte erst, sie hätte sich verhört und fragte nach „Schwein…?" Mertens grinste. „Die sind genetisch dem Menschen sehr ähnlich. Ich mach dir eine wundervolle Ohrmuschel aus so einem Schweineohr." „Wenn du meinst…", sagte Vera etwas ungläubig und vereinbarte einen Termin. Später ging sie einkaufen und erschauerte leicht, als sie beim Schlachter in der Glasvitrine ein paar Schweineohren sah…

Ellen parkte vor dem Gebäude des Golfclubs. Es waren zu dieser frühen Stunde schon einige durchweg große und luxuriöse Autos hier geparkt, deren Besitzer eine frühe Runde spielten, oder im Restaurant frühstückten. Ellen fragte an der Rezeption nach dem Manager, der aber noch nicht da war. „Ich muss dringend mit Herrn Klee reden. Ich weiß nur, dass er hier Mitglied ist." Die junge Frau hinter dem Tresen sah sie abweisend an. „Wir dürfen ohne seine Zustimmung keine Telefonnummer oder Adresse herausgeben", sagte sie. Ellen nickte. „Er ist nicht zufällig gerade da? Er hat mir einen Job angeboten, aber ich habe den Zettel verlegt, auf dem die Telefonnummer stand." „Ich kann ihnen nur sagen, dass ihm die Hanse-Stuben in Lübeck gehören. Die Nummer finden sie im Telefonbuch." „Danke sehr", sagte Ellen, die sah, dass sie hier nicht weiter kam. Sie überlegte, da sie ja immer noch nicht gefrühstückt hatte, hier eine Kleinigkeit zu essen, aber die

Rezeptionistin schüttelte auf ihre Frage den Kopf. „Nur für Mitglieder, sie verstehen?" Ellen verstand und saß wenig später an einem Fenstertisch im Lokal Hermannshöhe, dass nur einige hundert Meter entfernt lag und einen phantastischen Blick auf die Lübecker Bucht bot. Sie hatte sich an der Selbstbedienungstheke ein leckeres Frühstück zusammen gestellt und war gerade bei ihrem zweiten Kaffee angelangt, als Rolf Riedel und seine Frau Sunny das Lokal betraten.

Fred Kreienboom wachte mit einem gewaltigen Brummschädel auf. Die Runden mit den englischen Seglern – wie viele es genau waren, wusste er nicht mehr – waren ihm nicht gut bekommen. Er setzte sich auf die Bettkante und wollte aufstehen, aber in seinem Kopf drehte sich alles. Aufseufzend legte er sich wieder hin und starrte an die Decke. Nach einiger Zeit versuchte er es erneut und diesmal schafft er es bis ins Bad, wo ihn aus dem Spiegel ein Monster anstarrte. Die Augen gerötet und hohlwangig. „Nie wieder Alkohol", schwor er sich und wusste, dass das nur bis zum Nachmittag –bestenfalls - anhalten würde. „Kalte Dusche, das hilft", dachte er und nach einer halben Stunde war er soweit restauriert, dass er an Frühstück denken konnte. Als er aber das überbordende Büfett sah, wurde ihm wieder schlecht. In einer Ecke saßen die Engländer und wollten ihn unter lautem Hallo zu sich rufen. Ihnen hatte der Alkohol sichtbar weniger zugesetzt. Fred winkte dankend ab und nahm sich zwei Tassen schwarzen Kaffee – es gab keine großen Becher – mit auf die Terrasse. Die Sonne überflutete den Hafen, der sich unterhalb der Hotelterrasse ausbreitete, mit gleißendem Licht. An der Hafeneinfahrt drängten sich die ersten Yachten, die ihren Zielen zustrebten. Die meisten sicherlich zu den anderen Inseln der Kanaren-Gruppe, einige wenige aber auch nach Westen, der Karibik und den Küsten des amerikanischen Festlands entgegen. Bald würde er auch diesen Kurs nehmen. Er dachte daran, dass der Frachter, auf dem der Container mit seiner „Kondor" stand, in drei Tagen in Las Palmas ankommen würde und freute sich. Er begann sich zu entspannen und bei der zweiten Tasse Kaffee begannen auch die bohrenden Kopfschmerzen zu weichen. Ein aufmerksamer Kellner mit einer Kaffeekanne kam vorbei und bot ihm Nachschub an und seine Welt kam ins Lot.

Helmut Klee hatte kein Auge zugemacht. Zu sehr bohrte die Demütigung an ihm, die dieser Kretin Kreienboom ihm offensichtlich beigebracht hatte. Immer wieder versuchte er Steffen Malchow zu erreichen. Er wusste ja nicht, dass dieser nur noch aus einer schwarzen, verkohlten, und auf die Größe eines Schulkindes geschrumpften unkenntlichen Leiche bestand, verwoben mit Elementen der Kunststoffverkleidung und der Bettwäsche des verbrannten Bootes. Sein Ruf versuchte das Handy zu erreichen, dass Rolf Riedel ins Wasser geworfen hatte und längst kaputt war. Er brütete vor sich hin, dann hatte er eine Idee und ließ sich von der Auskunft die Rufnummer der Kreienboom Villa in Hemmelsdorf geben. Es klingelte und er war überrascht als abgenommen wurde. „Vera Kreienboom…" tönte es aus dem Hörer und Helmut unterbrach die Verbindung. „Verdammt…", dachte er. Warum war diese Schnepfe frei… War Steffen Malchow gefasst worden? Musste er damit rechnen, dass jede Minute die Kriminalpolizei vor seiner Tür stand? „Erst mal weg hier…", dachte er und begann hastig ein paar Sachen in seine Reisetasche zu packen. Während er packte dachte er an Kreienboom und dann fiel ihm ein, dass der ihn von seinem Hotel aus auf Gran Canaria angerufen hatte. Fieberhaft durchsuchte er das Telefonprotokoll seines Handys. Da war die Nummer und er wählte, aber Kreienboom hatte ihm die Durchwahl seines Zimmers gegeben. Niemand ging ran und Helmut ließ die letzten drei Ziffern weg und setzte stattdessen eine Null hinzu und… er hatte Glück. „Senses Hotel Puerto de Mogan", sagte eine Stimme. „Sprechen sie deutsch?" fragte Helmut und der Portier bejahte. „Ich möchte Herrn Kreienboom sprechen", sagte er auf gut Glück. „Momentito", sagte der Spanier und nach kurzem Warten war er wieder in der Leitung. „Senor Kreienboom ist nicht auf seinem Zimmer. Soll ich eine Nachricht hinterlassen?"   Helmut Klee grinste. „Nein Danke", sagte er und beendete das Gespräch. „Gran Canaria…", murmelte er. Nun hatte er ein Ziel und als Nächstes rief er ein Reisebüro an um den nächstbesten Flieger dorthin zu buchen.

Ellen sprang überrascht auf. „Hallo, das ist aber eine Überraschung", sagte sie. Riedel grinste und zog die leicht wiederstrebende Sunny hinter sich her an Ellens Tisch. Sunny hatte Ellen erst vor kurzem persönlich kennen gelernt und so wie Rolf ihr von ihrem gemeinsamen Abenteuer auf dem Kreuzfahrtschiff berichtet hatte, hatte sie eine leichte Eifersucht befallen. Nun, wo sie diese vermeintliche „Konkurrentin" kennen gelernt hatte, schwand dieses Gefühl ein wenig, denn die Frau, die da stand passte wenig zu Rolfs Beuteschema, zu dem sie selbst gehörte und von dem Fotos ihrer Vorgängerinnen zeugten. Nicht blond, „aber das ist ja eine Sache von ein paar Stunden", wie sie sich sagte und schon fast mager mit kleinen Brüsten… Sie begann sich sicherer zu fühlen und beschloss dieser Frau freundlich zu begegnen. „Hallo, schön sie so schnell wieder zu sehen", sagte sie und reichte Ellen die Hand, was die mit einem Lächeln erwiderte. Riedel nahm sie in den Arm, aber nur kurz. „Das ist ja eine Überraschung", sagte er. „Dürfen wir uns zu dir setzen?" „Ja klar", erwiderte Ellen und bald entspann sich ein Gespräch, wobei Ellen sorgsam darauf achtete, nichts über ihr Abenteuer in Dänemark zu erwähnen, weil sie nicht wusste, was Riedel seiner Frau erzählt hatte. „Nicht viel", erkannte sie bald und sie sprachen über alles Mögliche, nur nicht über den Fall Kreienboom. Riedel brachte aber kurz vor ihrem Aufbruch das Gespräch darauf. „Hat Frau Kreienboom schon etwas verlauten lassen? Ich meine wegen des Auftrags? Mein Arbeitgeber will wissen, wann ich wieder zur Verfügung stehe…". Ellen warf Sunny einen schnellen Blick zu, aber die sah aufs Wasser der Bucht hinaus und schien nicht richtig zuzuhören. Ellen nickte. „Ja, wir sind engagiert. Kannst du heute Nachmittag? Wir treffen uns in ihrem Haus." „Geht um einen Auftrag", sagte Rolf entschuldigend in Richtung Sunny. „Wir wollten eigentlich Einkaufen gehen in Lübeck", sagte er erklärend zu Ellen, aber Sunny sagte, „Schon in Ordnung, Schatz. Dienst ist Dienst und Schnaps ist Schnaps." „Ok, hier ist die Adresse", sagte Ellen und schrieb sie auf die Serviette. „So um 16 Uhr?" sagte sie und Riedel nickte. „Wir müssen jetzt…", sagte er entschuldigend und erhob sich. Auch Sunny und Ellen standen auf und Sunny gab Ellen erneut die Hand. „War schön, sie zu treffen", sagte sie obwohl sie sich während des Frühstücks schon geduzt hatten und machte damit klar, dass sie noch ein paar Vorbehalte gegen eine zu enge Bekanntschaft hatte. Ellen tat, als bemerkte sie das nicht. „Auf Wiedersehen", antwortete sie und zu Rolf „Bis nachher…" Sie blieb noch und sah dem Paar nach, dass sich Hand in Hand auf den Weg nach Travemünde machte. Wieder fühlte sie sich einsam und ausgegrenzt. Vielleicht hätte sie sich an Bord des Schiffes etwas mehr ins Zeug legen sollen, aber… wenn sie die Beiden so zusammen sah hatte sie Zweifel, dass ihr das je gelungen wäre.

Mitten in ihre Gedanken hinein klingelte ihr Telefon und sie runzelte die Stirn als sie die Nummer sah. „Moin", sagte Drewitz. „Wir haben da wieder einen Fall in Dänemark. Abgebrannte Yacht… damit kennen sie sich ja aus." Er spielte damit auf die verbrannte Segelyacht auf Birkholm an, die sich als Mordfall herausstellte und ihr Leben verändert hatte. (Siehe „Schöne Schwester Tod")

Im ersten Moment wollte sie ablehnen, aber dann war ihr klar, dass es sich nur um die „Südwind", die Motoryacht, die sie selbst vor Hemnaes versenkt hatten handeln konnte. „Geben sie mir die Details", sagte sie kühl und Manuel Drewitz war froh nicht selbst nach Dänemark zu müssen, denn außer Ellen Hamann war kein Außendienstler frei und er wäre dran gewesen. „Was zu schreiben"? fragte er und Ellen sagte,

147

wobei sie sich nicht bemühte ihre Abneigung gegen ihn zu unterdrücken, „Schicken sie mir alles per Email" und legte auf. Wie hatten die das so schnell herausgefunden, die dänischen Kollegen? Natürlich, die hatten das Wrack inzwischen gehoben und Schiffsname und Heimathafen standen ja am Heck, das wohl erhalten geblieben war. Die meisten Sportboote in Deutschland waren bei der Seaguard versichert, für die sie arbeitete. „Eigentlich Glück", dachte sie. Da kann ich wenigstens die Hand drauf halten…

Mogen Elvgard stand angewidert vor dem ausgebrannten Rest der Yacht, die in einer Ecke der Yachtwerft in Middelfaart auf einem Gerüst lag. Das Feuer hatte ganze Arbeit geleistet und das Boot war fast bis zur Wasserlinie abgebrannt. Den Rest hatte ihr eine berstende Gasflasche gegeben, die ein Loch in den Rumpfboden gerissen hatte, woraufhin die Yacht schnell gesunken war. Elvgard war ein erfahrener Brandermittler der Kriminalpolizei Odense und sein Mitarbeiter und er wurden durchschnittlich alle vierzehn Tage zu einem mehr oder weniger kapitalen Brandfall gerufen. Dieses Boot war von einem Kran der Werft aus dem Wasser vor Helnaes gehoben worden und so wie es war auf einer Prahm in die Werft gebracht worden. Die Taucher hatten ja schon den Meeresgrund um die Unfallstelle abgesucht und den Bootsnamen festgestellt. Wo wohl die Eigentümer waren? „Komm Sven, ans Werk", sagte er zu seinem jungen Kollegen. Sie zogen sich weiße Plastikanzüge

148

an und setzten Schutzmasken auf. Dann begann sie sich wie Archäologen den Weg in das teilweise geschmolzene Innere der einstmals stolzen Motoryacht zu bahnen. Es dauerte bis nach Mittag, bevor sie das Vorderteil des Bootes freigelegt hatten und Sven stieß mit dem Bein gegen etwas längliches Schwarzes, das abbrach. Er hob es auf und als er es genauer untersuchte, sah er ein Stück Knochen aus der bröckeligen schwarzen Masse ragen…

Inger Svallemoen hatte am nächsten Vormittag, das was von Steffen Malchow übrig war auf ihrem Seziertisch in der Pathologie Odense liegen. Sie staunte immer wieder, was die Einwirkung extremer Hitze auf den menschlichen Körper anrichten konnte, aber sie war erfahren und sorgfältig und obwohl es mehrere Stunden dauerte fand sie Spuren alter Brüche an Steffens Knochen die, wie sie aber nicht wissen konnte, von Steffens Kampfsport-Aktivitäten herrührten. Bisher war es für sie aber weiterhin ein Unglücksfall… bis sie die fast nicht mehr nachweisbaren aber, -wenn man wusste, wonach man suchte - Spuren der massiven Verätzung in Luftröhre, Speiseröhre und Lunge fand, die das Löschmittel hervorgerufen hatte und die Steffens Tod herbei geführt hatten. „Puuuh", sagte sie und ließ ihr Skalpell sinken. „Da wird sich Mogen aber freuen…".

Der hatte mittlerweile die Wasserschutzpolizei in Neustadt angerufen und um Amtshilfe ersucht. Der Bootseigner fiel aus allen Wolken, als die Beamten ihn aufsuchten. „Gott sei Dank, sie leben", sagte der Beamte, nachdem er Hannes Möller gefragt hatte, ob er der Eigner der Motoryacht „Südwind" sei. Möller war entsetzt, als er vom feurigen Ende seines Bootes erfuhr, aber dann wurde es unangenehm für ihn, denn bei der Befragung kam schnell heraus, dass er seine Yacht „Unter der Hand", an der Steuer vorbei privat vermietet hatte. Er hatte den Beamten den selbst aufgesetzten Mietvertrag gegeben, in den Helmut Klee als Mieter den Allerweltsnamen Schmidt und eine erfundene Adresse eingetragen hatte. Nachdem die Polizisten gegangen waren, hatte Hannes Möller fieberhaft seine Versicherungspolice gesucht und endlich auch gefunden und war erleichtert, dass dort im entsprechenden Paragraphen nicht ausdrücklich verboten war, das Boot zu vermieten. Er wusste noch nicht, dass das auch nicht unbedingt erlaubt war, wenn nicht extra versichert. „Drewitz?" meldete sich ein Sachbearbeiter bei der Seaguard-Versicherung und Möller schilderte den Fall. Drewitz nahm alles auf, was Möller wusste und rief dann die Wasserschutzpolizei an, die ihm weitere Details und die Nummer des Ermittlers Mogen Elvgard in Odense gab. Dann rief er Ellen Hamann an und ging Mittagessen.

Rolf Riedel hatte sich auf dem letzten Stück Weg zum Anwesen Vera Kreienbooms durchfragen müssen. So etwas wie ein Navigations-Gerät besaß sein Wagen nicht. Die gemauerte Durchfahrt, die zum Grundstück führte beeindruckte ihn ebenso, wie das große weiße Haus, auf das man durch eine Allee aus Kastanienbäumen zufuhr. Ellens Mini stand schon auf dem Parkstreifen und er beeilte sich. Vera Kreienboom öffnete selbst und sie nahm ihn spontan in den Arm. „Hallo Rolf, wie schön, dass du da bist." Sie hatten sich schon auf der Yacht geduzt und sie fühlte eine warme Dankbarkeit für ihn als „Retter". „Hallo Vera." Rolf betrachtete stirnrunzelnd den neuen Verband, der ihren Kopf wie ein Turban einhüllte. " „Er wies darauf. „Ist das schlimmer geworden mit der Wunde?" „Wie…? Nein", lachte sie. Ich kriege morgen mein Schweineohr und das waren die Vorarbeiten." Jetzt war Rolf erst recht verwirrt und Vera führte ihn erst mal ins Wohnzimmer, wo Ellen schon vor ihrem Kaffee wartete und nun aufstand, um Riedel zu begrüßen. „Hallo Rolf, lange nicht gesehen", sagte sie. „Auch Kaffee?" fragte Vera und als Rolf nickte ging sie in die Küche und betätigte die komplizierte Kaffeemaschine, die nacheinander merkwürdige laute Geräusche abgab, bevor sie sich dazu herabließ ihren Job zu machen und Kaffee in den Becher zu geben. Vera setzte sich und Rolf fragte nach, was es mit dem Schweineohr auf sich hätte. Vera lachte und berichtete von Dr. Mertens, der ihr, nachdem sie die letzte Nacht zusammen verbracht hatten – Er hatte ihr bei ihrem Besuch in der Klinik ins Ohr geflüstert, dass er sich gern noch einmal ihren Busen ansehen wollte, aber dieses Detail verschwieg sie nun -, heute die Vorarbeit an den Resten ihres Ohres vorgenommen hatte. „Er baut mir ein schönes Neues aus dem Ohr eines Schweines. Morgen kommt das ran." Rolf nickte erstaunt. „Was es alles gibt", sagte er und verbrannte sich die Zunge an dem siedend heißen Kaffee. Sie plauderten noch ein wenig, dann kamen sie zum Geschäftlichen. Riedel überließ Ellen die heikle Frage nach der Bezahlung, denn damit hatte sie mehr Erfahrung als er. Sie einigten sich aber schnell, denn Vera war nicht knauserig und froh, Ellen und Rolf auf diese Weise ihre Dankbarkeit ausdrücken zu können. Ellen fügte die Namen und Summen in einen Vordruck ein, den sie sich zuhause am

Computer erstellt und ausgedruckt hatte. „Müssen wir machen, für die Steuer und so", erklärte sie. Alle drei unterschrieben und damit waren Ellen und Rolf offiziell mit der Klärung der Umstände um die Entführung Veras und der Auffindung ihres Mannes Fred beauftragt. „So, dass muss gefeiert werden", sagte Vera, die aus jedem Anlass gern eine Party machte und holte Gläser und Prosecco aus der Küche. „Für mich nicht, sagten Ellen und Rolf fast wie aus einem Mund. „Muss noch fahren", erklärte Rolf, der Prosecco nicht ausstehen konnte und Ellen nickte. „Ich auch." Vera zuckte die Schultern. „Trink ich eben allein", sagte sie. „Aber wenn ihr diesen Klee und Fred und das Geld habt... Dann feiern wir!" Ellen und Rolf akzeptierten noch einen Kaffee um Vera Gesellschaft bei ihrem Schaumwein zu geben, dann verabschiedeten sie sich. „Mein neues Ohr müssen wir auch feiern", sagte Vera an der Tür und sie versprachen, am Wochenende „mit dem Taxi" zu kommen.

„Die genießt ihr Leben... So viel steht fest", sagte Rolf als sie vor Ellens Mini standen. Sie nickte, ein bisschen neidisch auf die Lebenslust und Leichtigkeit Veras, die ihr selbst schon vor einiger Zeit abhanden gekommen waren. „Du Rolf, du glaubst nicht was heute passiert ist", sagte sie und auf seine Nachfrage berichtete sie davon, dass ausgerechnet sie von ihrer Firma mit der Ermittlung im Fall der „Südwind" beauftragt worden war. Er erfasste sofort, was das bedeutete. „Da haben wir ja richtig Glück gehabt." Auch er hatte im Nachhinein die Richtigkeit ihres Handelns in Dänemark für falsch empfunden. Sie nickte. „Ich muss jetzt erst mal nach Dänemark und herausfinden, was die wissen. Du könntest schon mal bei diesem Klee ansetzen. Ein bisschen auf den Zahn fühlen. Hintergründe und so weiter." Riedel nickte. „Mach ich. Wir halten uns auf dem Laufenden, ok?", sagte er und sie verabschiedeten sich. Riedel hatte bereits über einen Freund herausgefunden, dass eine Sportbar in Lübeck, die „Torwand" im Stadtteil Marli sich im Besitz Klees befand und dort wollte er ansetzen. Er rief kurz Sunny an und sagte ihr, dass er noch nach Lübeck müsse, sie später aber ins Luzifer an der Priwall-Fähre zum Essen ausführen wolle und fuhr los. Ellen setzte sich in ihren Wagen und wählte die Nummer des dänischen Ermittlers, die Drewitz ihr gegeben hatte und war überrascht, Mogen Elvgard, den sie aus vom Fall der „Baldur" (Schöne Schwester Tod) her kannte am Telefon zu haben. Sie waren seinerzeit miteinander Essen gewesen und sie erinnerte sich gern an den Abend mit dem amüsanten und nicht unattraktiven, mit einem trockenen Humor ausgestatten Dänen. Auch er war überrascht, dass sich ihre Wege nun wieder kreuzten und sie verabredeten sich für den Abend in einem Restaurant in Odense. Sie bat ihn, ihr dort in der Nähe ein Hotelzimmer zu buchen. Ellen beendete das Gespräch und sah, dass sie sich ziemlich beeilen musste, wenn sie den Termin schaffen wollte. Während der Fahrt dachte sie darüber nach, was sie so alles in ihre Reisetasche gepackt hatte, denn es war ihr zu ihrer Überraschung nicht egal, wie sie Elvgaard gegenüber trat.

Helmut Klee hatte seinen Wagen im Parkhaus direkt gegenüber des Terminals des Hamburger Flughafens abgestellt. Die Schalter seines Fluges mit der „Condor" nach Gran Canaria waren noch nicht geöffnet und er fand einen Tisch auf der Galerie vor einem italienischen Restaurant, von wo aus er dem geschäftigen Treiben in der Halle zusehen konnte. Als die Kellnerin kam, bestellte er Tortellini, die er seit seiner Kindheit liebte und einen trockenen Pinot Grigio und vergaß beinahe, weshalb er hier war. Seine Miene verdüsterte sich und die Kellnerin, die grade seinen Wein servierte, dachte, sie hätte etwas falsch gemacht. „Sie wollten doch Pinot…oder?" fragte sie unsicher. „Wie? Achso. Jaja", sagte er und trank den ersten Schluck. Die junge Dame war noch neben ihm stehen geblieben. „Alles gut. Danke", sagte er brüsk und sie ging. Helmut Klee überlegte, wie er Fred Kreienboom gegenüber treten und ihm das Geld abnehmen konnte. Er würde vielleicht Hilfe brauchen… Rodrigo fiel ihm ein. Mit Rodrigo, ebenfalls Gastronom, nur eben in Bacelona, hatte er in seiner Jugend einige Dinger gedreht. Vielleicht hatte der Kontakte auf Gran Canaria. Er holte sein Handy aus der Tasche und fand tatsächlich noch Rodrigos Nummer im Telefonregister. Befriedigt lehnte er sich zurück und bald darauf kamen seine Tortellini. „Noch einen Wein", bestellte er und der Kellnerin fiel auf, dass ihr Gast plötzlich sehr viel besser gelaunt war. Er gab ihr ein großzügiges Trinkgeld als er zahlte, denn er sah, dass die Schalter der Condor eröffnet wurden und sich schon Schlangen bildeten. Er wollte vermeiden, einen Rest-Mittelplatz zu bekommen und beeilte sich einen Platz in der ihm am kürzesten vorkommenden Schlange einzunehmen. Später, beim Einsteigen sah er dann, dass seine Befürchtungen umsonst gewesen waren, denn die Maschine war nur zur Hälfte gefüllt. Noch zwei Glas Wein aus dem Bordservice verschafften ihm die nötige Müdigkeit und er verschlief den größten Teil des Fluges, der ihn diesem Kreienboom näher brachte und den er zu töten gedachte.

Rolf Riedel war ein guter Soldat der Spezialeinheit der Kampfschwimmer gewesen, bevor er in die Firma seines ehemaligen Kameraden Heißkämper eingetreten war, die ihren Hauptsitz in Berlin hatte und Personenschutz für Leute bot, die so etwas benötigten und es sich leisten konnten. So etwas wie eine kriminalistische Ausbildung hatte er nicht und so war er ziemlich nervös und unsicher, was die ihm von Ellen zugedachte Recherche im Fall Helmut Klee anging. Die „Torwand" hatte wohl gerade erst geöffnet, denn nur ein älterer Mann stand vor einem Spielautomaten und brabbelte unverständliche Worte vor sich hin, während er Münze nach Münze in den Schlitz steckte und den rotierenden Scheiben zusah. Rolf setzte sich an die Theke, hinter der eine stämmige, früher bestimmt attraktive Rothaarige Gläser polierte. Sie sah in fragend an „Was darf's sein?" fragte sie und Rolf sagte „Ein alkoholfreies Bier, aber nur wenn es kalt ist." Sylvie nickte und wandte sich dem Kühlschrank zu. Männer, die alkoholfreies tranken, waren hier selten und ihr per se ein bisschen suspekt. Sie schenkte ein und gab Rolf das Glas, der einen tiefen Zug nahm. „Nicht viel los…" bemerkte er dann und sie nickte nur. „Noch zu früh. Am Abend ist das hier brechend voll" antwortete sie. Sie plauderten ein bisschen und sie betrachtete den Mann vor ihrem Tresen etwas genauer. „Nicht schlecht…", dachte sie und war ein wenig enttäuscht, einen Ring an seinem Finger zu entdecken. „Die guten Männer sind alle weg", dachte sie mit ein wenig Wehmut, nicht bedenkend, dass sie wohl auch nicht wirklich zu den „guten" Frauen gehörte. „Ich kenne ihren Chef, Herrn Klee", sagte Riedel versuchsweise. „Kommt der nachher noch rein?" „Den habe ich hier erst einmal gesehen", antwortete sie und dachte an den Abend, als Malchow ihr gesagt hatte, das der Mann mit dem er geredet hatte ihr Chef sei. „Ist sich wohl zu

155

fein für das hier", sagte sie. „Hängt wohl lieber in den „Hanse-Stuben"
rum. Die gehören ihm auch". Sie zog einen Flunsch und dachte daran,
wie sie dort eine Abfuhr auf ihre Bewerbung erhalten hatte und sie
daraufhin in diesem „Loch" gelandet war. „Schade", sagte Riedel und
ließ sich noch ein Alkoholfreies geben. „Kennen sie Steffen Malchow
auch?" fragte die Bedienung und Riedel hätte sich fast verschluckt.
„Nein", sagte er. „Wer ist das denn?" antwortete er verduzt, den
Namen des Mannes, der ihnen in Dänemark so folgenschwer begegnet
war zu hören. Sie zuckte die Schultern. „Ach, so´n Typ, der hier immer
rumhängt. Sportler oder so... Der war mal mit Herrn Klee hier." Sie
verschwieg, dass sie begann sich Sorgen zu machen, denn sie hatte ja
gerade erst eine alte Affäre mit Malchow wieder aufleben zu lassen, der
ja im Bett wirklich ein Leistungssportler war. „Wie sieht er denn aus?"
fragte Riedel, der sicher gehen wollte, dass sie denselben Mann
meinten und Sylvie beschrieb. Später zahlte Riedel und ging direkt in die
„Hanse-Stuben" , wo man ihm sagte, man wisse nicht, wo der Chef sei
und wann er wieder käme, was ihnen Helmut Klee vor seiner Abreise
eingeschärft hatte. Nicht unzufrieden darüber, den Zusammenhang
zwischen Klee und Malchow bestätigt bekommen zu haben, fuhr er
nach Travemünde und traf Sunny an der Fähre. Sie fanden einen Platz
im „Luzifer" mit direktem Ausblick auf die Trave und die emsig hin und
her pendelnden Fähren und genossen den Abend.

Ellen war nicht ganz so entspannt. Sie hatte fast eine Stunde im Stau vor der Radener Hochbrücke verbracht, weil wieder einmal eine Spur der maroden Fahrbahn saniert werden musste. Nun aber ging es voran. Ihr Navi sagte ihr, wenn sie mit dieser Geschwindigkeit weiter führe, werde sie um 18:24 in Odense sein, was sie schmunzeln ließ und den Gasfuß unwillkürlich ein bisschen mehr durchdrücken, denn sie wollte sich von diesem albernen Gerät nicht bevormunden lassen. Sie grinste, als sie ihren Mini um 18:10 am Marktplatz von Odense, der Hauptstadt Fünens, abstellte. „Sie haben ihr Ziel erreicht", sagte das Navi unberührt davon, dass sie früher angekommen war als vorhergesagt.   Wie verabredet rief sie Elvgaard an, der sich freute, dass sie schon da war und versprach, sie in einer halben Stunde abzuholen. Zufrieden und mit ein bisschen Herzklopfen setzte sich Ellen an einen freien Tisch vor einem Cafe und bestellte sich einen Cappuccino und bald darauf kam Mogen Elvgaard die Straße hinunter und sie winkte ihm zu. „Ellen, wie schön dich zu sehen", sagte er und nahm sie, ganz gegen seiner ansonsten eher schüchternen Art, in den Arm.   „Schade, dass immer erst jemand verbrennen muss, damit wir uns sehen", sagte sie und beide lachten. „Komm", sagte er dann. „Ich habe einen Tisch im „Fiskerman" reserviert. Die haben einen sensationellen Dorsch da. Ich hoffe du magst Fisch?" „Aber ja", antwortete sie und genoss das angenehme Kribbeln, das seine Nähe bei ihr auslöste. „Welches Hotel hast du für mich gebucht?" fragte sie und er verzog den Mund. „Da hat es leider eine Panne gegeben. Ich hatte ein Zimmer für dich im „Kongen", aber die haben vorhin angerufen und gesagt, dass es leider ein Versehen war. Die sind wegen der Handelsmesse hier voll ausgebucht. Überall dasselbe... Da hab ich mir gedacht..., wenn du nichts dagegen hast... Ich habe ein Gästezimmer. Wenn nicht, müsstest du wohl in einen Nachbarort fahren." Ellen lächelte und nahm seine Hand, die sie leicht drückte. „Gern. Aber nur, wenn ich dich nicht störe." Er lachte befreit auf und sagte „Frühstück gibt's auch. Ich habe morgen frei." Zusammen gingen sie zum nur hundert Meter entfernten „Fiskerman" und sie taten das Hand in Hand.

Fred Kreienboom stand schon sehr früh auf und genoss ein eiliges Frühstück auf der sonnenbeschienen Terrasse des Hotels. Ein ziemlich starker Wind von See her ließ die Wanten der unzähligen Yachten im Hafenbecken direkt neben ihm klingeln. Er liebte dieses Geräusch. Schon sehr bald würde sich seine „Kondor" auch an diesem Konzert beteiligen, denn sie sollte heute im Hafen von Las Palmas ankommen. Die Spedition hatte arrangiert, das der Container, der sie enthielt, direkt zu der kleinen Reparaturwerft im Hafen gebracht werden würde, wo Fachleute sie zu Wasser bringen und aufriggen sollten. Fred hätte das zu gern hier in Puerto Mogan vornehmen lassen, aber der Hafenmeister hatte sich geweigert einen Tieflader mit Container in „seinen" schicken Hafen fahren zu lassen. Fred war es auch so zufrieden, denn das gab ihm die Möglichkeit, das Boot am Nachmittag selbst von Las Palmas hierher zu überführen. Es war sehr schwer gewesen, dem Hafenmeister einen Liegeplatz für die „Kondor" abzutrotzen, aber ein größerer Schein aus Freds Portmoine hatte das geregelt. So war das eben hier und Fred nahm das mit einem Schmunzeln hin. War schon ein tolles Gefühl, im Hotelsafe einen Koffer mit zehn Millionen Euro zu wissen… Ein bisschen Sorgen machte er sich wegen Helmut Klee. Der Portier hatte ihm gesagt, dass ein Herr aus Deutschland angerufen und zu sprechen gewünscht hatte… Wie hatte Klee –Nur der konnte das sein- ihn gefunden? Na ja, in einer Woche würde das egal sein, denn dann wäre er auf See. Am Sonntag startete die Regatta und er war dabei! Sein Herz klopfte vor Aufregung, wenn er daran dachte. Trotzdem hatte er schweren Herzens vorsichtshalber sein Zimmer in diesem Hotel gekündigt und sich eines in der eher unscheinbaren Pension „Villa del Mar" im oberen Teil des Ortes genommen, wohin er nun umziehen würde. Er trank seinen Kaffee aus, stand auf und holte sein Gepäck aus seinem Zimmer. An der Rezeption musste er warten, weil gerade eine englische Reisegruppe angekommen war und eincheckte. „Holla Pedro", sagte er, als der Portier endlich Zeit hatte. „Die Rechnung bitte und dann bitte noch meinen kleinen Koffer aus dem Safe." „Si Senor", sagte Pedro und druckte die Rechnung aus, die Fred stirnrunzelnd in bar beglich. Er konnte gar nicht glauben, dass er dermaßen viele Drinks gehabt haben sollte… Pedro führte ihn persönlich zum Safe und Fred nahm sein Köfferchen und quittierte den Empfang auf dem vorgesehen Formular. „Schade, dass sie uns schon verlassen", sagte Pedro und Fred zückte wieder einen Hunderter, den er Pedro in die Hand drückte. „Ich wäre ihnen sehr verbunden, wenn sie vergessen würden, dass ich hier war. Falls jemand fragt… Meine Frau, sie verstehen?" Pedro verstand. So was passierte hier jeden Tag. „Naturalemente, Senor", sagte er, grinste und verbeugte sich. Fred grinste auch und verließ das Hotel. Mit seinen beiden Koffern in den Händen, den großen mit Kleidung und dem kleinen, ungleich wertvolleren, stieg er die wohl hundert Treppenstufen empor, die ihn auf eine kleine Gasse brachten, an der die „Villa del Mar" lag. Hier gab es keine Rezeption. Fred klingelte und ein Hausmeister erschien und übergab ihm die Schlüssel zu einem Appartement im Obergeschoss des zweistöckigen Gebäudes im Andalusischen Stil, um das blühende Bogainvillea-Stauden ihre Pracht entfalteten. Es roch ein wenig muffig in dem ansprechend möblierten Zimmer, aber als Fred die Balkontür öffnete wurde er überwältigt von dem unendlichen Meerblick über dem Panorama des Yachthafens. Beinahe bedauerte er es, keine Zeit zu haben und sich mit einem Glas Wein auf den Balkon zu setzen. Ein Problem stellte das Geld dar. Später würde er es an Bord der „Kondor" verstauen aber so lange… Es gab eine Art Plastiktruhe für Polster auf dem Balkon und Fred deponierte die zehn Millionen darin und schichtete die Polster darüber. Sollte jemand das Zimmer durchsuchen… Darauf würde derjenige wohl nicht kommen. Fred grinste und marschierte zum Ortsausgang, wo die Bushaltestelle lag. Er wollte den öffentlichen Bus nach Las Palmas nehmen, aber er hatte ihn verpasst und so nahm er ein Taxi, dass ihn bis zu der Werft brachte. Im Büro wurde er von einer drallen Spanierin mittleren Alters begrüßt, die zu lächeln begann, als Fred sagte, dass ein Container mit seiner Yacht ankommen sollte. Die Frau nahm ihn am Arm und führte ihn zu einem Fenster, von dem aus man den Hof überblicken konnte. Fred riss den Mund auf. Dort stand, auf soliden Holzböcken aufgepallt, seine „Kondor" an der drei Männer emsig arbeiteten. Daneben lag der Mast. Schon vorbereitet, um gesetzt zu werden, wenn das Boot per Kran zu Wasser gelassen worden war. „Si

Senor. Das Schiff ist schon gestern Abend vorzeitig eingelaufen und da wir gerade Zeit hatten… In einer Stunde wird gekrant. Einen Kaffee?" Fred konnte nicht umhin, die Spanierin –Inez, wie sie sich vorstellte – an sich zu drücken. „Danke, danke…", stammelte er. „Oh ja, gern einen Kaffee." Inez machte sich sanft los und begann, die Knöpfe ihrer Kaffeemaschine zu bedienen und Fred verzog das Gesicht als er den ersten Schluck trank. Es war richtiger „Arbeiterkaffee". Nachtschwarz und stark wie ein Kampfstier. Inez führte ihn auf den Hof, wobei sie ihm einen Plastikhelm gab, ohne den man nicht dorthin durfte. Sie stellte ihn dem Vorarbeiter vor, der aber bedauernd mit den Schultern zuckte, als Fred ihn auf Deutsch ansprach. Auch Englisch ging nicht und so tat es auch die Zeichensprache. Der Vormann bedeutete Fred, zur Seite zu gehen, denn ein mobiler Kran kam heran. Die Männer befestigten starke Gurte unter dem Rumpf der „Kondor", der Motor des Kranes dröhnte auf und dann schwebte sie über die Kante der Kaimauer in das ruhige, ziemlich schmutzige Wasser des Hafens. Fred konnte die schnelle professionelle Arbeit der Werftleute nur bewundern. Er hatte hier im Süden eher eine nachlässige und langsame Arbeitsweise erwartet. Die Männer waren Könner ihres Fachs und nach einer weiteren Stunde stand der Mast und das stehende und laufende Gut, - also Wanten, Stage, Fallen und Segel- waren an ihrem Platz und gesichert. Ein kleiner Tankwagen kam und der Dieseltank wurde befüllt. Der Vormann zeigte fragend auf den Einfüllstutzen des Wassertanks, aber Fred schüttelte den Kopf. „Puerto Mogan…" sagte er nur und der Mann nickte. Fred gab jedem der Männer ein großes Trinkgeld, ging ins Büro und zahlte die ziemlich hohe Rechnung, die Inez vorbereitet hatte. Sie fand es ein wenig ungewöhnlich, dass Fred bar zahlte, aber er wollte, wie schon im Hotel, nicht über seine Kreditkarte Spuren hinterlassen. Dann war es soweit. Fred sprang an Bord seiner „Kondor" und vergewisserte sich, dass alles bereit war. Dann startete er den Motor und ließ ihn warm laufen. Ein Arbeiter stand bereit und löste die Leinen und dann stand Fred endlich wieder am Ruder und steuerte die Hafeneinfahrt an. Er musste eine Warterunde drehen, denn ein spanischer Zerstörer lief gerade ein und dessen wohl etwas nervöser Wachoffizier hatte die „Kondor" mit seinem Signalhorn angedröhnt. Dann war die Yacht draußen und Fred stieß einen Jubelschrei aus, drehte das Steuerrad nach rechts und folgte dem Küstenverlauf.   Hier brauchte er keine Seekarte. Der Wind war stark, aber nicht zu stark und Fred rollte die Genua halb aus, setzte das Großsegel mit zwei Reffs und stellte den Motor ab. Die „Kondor" legte sich auf die Leeseite und das Wasser begann am Rumpf zu gurgeln. Die langen Wellen wiegten das Schiff in für ihn angenehmer Weise und schäumendes Kielwasser bezeichnete den zurückgelegten Weg der Yacht. Vorbei an San Augustin, Playa del Ingles und Maspalomas ging die Fahrt. Jetzt führte der Kurs mehr nach Norden und Fred musste die Segel entsprechend richten. Viel zu schnell kam Taurito in Sicht. Die immer noch kräftige Sonne neigte sich dem Horizont zu und dann musste er die Segel einrollen und den Motor starten, um sich in die Prozession der Yachten einzureihen, die Puerto de Mogan ansteuerten. Er hatte sich den Weg zu seinem neuen Liegeplatz gut eingeprägt und zwei junge Leute der daneben liegenden Yacht halfen ihm mit den Leinen. Da war er nun und sah sich glücklich um. Er klarte auf, zog die Schonbezüge über die Segel und dann borgte er sich – Er hatte ja noch keine Vorräte an Bord- bei den Nachbarn ein Bier. „Salut!" sagte er, als das kalte San Miguel aus der Flasche perlte. „Salut!" antworteten nicht nur die Leute der einen Nachbar-Yacht und es wurde ein sehr langer Abend.

Helmut Klee hatte Fred Kreienboom sehr knapp verpasst. Nur eine halbe Stunde, nachdem Fred das „Senses" Hotel verlassen hatte um in die Pension umzuziehen, stand er an der Rezeption und Pedro checkte ihn ein. „Ach, ein Bekannter von mir, ein Herr Fred Kreienboom wohnt auch hier im Hotel", sagte er nachdem Pedro ihm den Schlüssel zu seinem Zimmer gegeben hatte. „Kreienboom, sagten sie?" fragte Pedro und tat, als wenn er in seinem Computer nachsah. „No, Senor. Ein Herr Kreienboom befindet sich nicht unter unseren Gästen." Pedro wunderte sich, wie schnell er sich die hundert Euro „Schweigegeld" in seiner Tasche verdienen musste. Klee runzelte die Stirn. „Schade", sagte er und ging zu den Aufzügen. Pedro sah ihm nach. Für ein ähnliches Trinkgeld hätte er ihm sofort die Adresse der „Villa del Mar" genannt.

Helmut Klee war so begeistert, wie fast alle Gäste, die zum ersten Mal vom Balkon aus den geschäftigen Yachthafen zu ihren Füßen und die unendliche Weite des sonnenbeschienenen Atlantiks dahinter sahen. Er beschloss, das Auspacken auf später zu verschieben und ging auf die Terrasse, wo er sich einen Tomatensalat und ein kühles Bier bestellte. „Kreienboom…, wo steckt dieser Kerl?" dachte er. Er hatte fest damit gerechnet, ihn hier vorzufinden, aber weit konnte er nicht sein. Klee wusste, dass die Regatta am kommenden Sonntag von diesem Hafen aus gestartet werden würde. Fred hatte es ihm erzählt. Er würde also nur warten müssen. Wider Erwarten hatte er ein gutes Netz für sein Handy und er wählte Rodrigos Nummer in Barcelona. Fünf Minuten später steckte er es zufrieden wieder in seine Tasche. Rodrigo hatte versprochen, ihm ein paar seiner Leute zu schicken. Helmut Klee bestellte sich noch ein Bier und lehnte sich zurück. Er würde diesen Kreienboom schon kriegen… und vor allem das Geld.

Rolf Riedel hatte den Abend mit seiner Frau Sunny sehr angenehm im „Luzifer" in Travemünde verbracht. Sie gingen leicht, aber angenehm beschwipst nach Hause und genossen sich und die Nacht in ihrem bequemen Bett ihrer Wohnung in der Kaiserallee. Sunny fuhr am nächsten Morgen zur Arbeit und Riedel verbrachte den Vormittag mit dem Studium der „Lübecker Nachrichten", die er regelmäßig las auch wenn er sich über die Redakteure ärgerte, die ein recht einseitiges Weltbild zu haben schienen. „Wahrscheinlich haben die ihre Vorgaben", sagte er sich. Ihn interessierten sowieso hauptsächlich Sport- und Lokalseiten. Gegen Mittag fuhr er nach Lübeck und steuerte die „Hanse-Stuben" an. Vielleicht würde er dort heute etwas über diesen Helmut Klee erfahren. Und... er hatte Glück. Eine gestresst wirkende Bedienung, die Riedel sein Mittagstisch-Gericht – Labskaus nach Lübecker Art- servierte, sagte ihm auf seine beiläufige Frage, dass der Chef nach Gran Canaria gereist sei. Zu spät fiel ihr die Mahnung ihres Vorgesetzten ein, nicht über Helmut Klee zu sprechen. Egal, sie hatte Anderes im Kopf. Die stressige Arbeit und den Stress mit dem Kerl, der zuhause auf sie wartete und den sie irgendwie los werden musste...

Rolf Riedel genoss das Labskaus. Nicht jedermanns Sache - der Farbe wegen- mochte er den kräftigen Geschmack, der von dem beiliegenden Rollmops noch unterstrichen wurde. „Soso... Gran Canaria...", dachte er. Das passte zu der Bemerkung Vera Kreienbooms, dass ihr Mann von dort aus an einer Atlantik-Regatta teilnehmen wollte. Er konnte sich nur nicht erinnern, wann das sein sollte. Er beschloss sie später anzurufen, zahlte und fuhr zurück nach Travemünde. Die Sonne schien und er fand einen Platz am „Pegelhäuschen", seinem Lieblingsplatz an der Vorderreihe, trank ein Bier und dachte, dass er gar nicht so schlecht als

Detektiv war. Er versuchte Ellen anzurufen, um ihr seinen Erfolg mitzuteilen, aber dort ging nur die Mailbox an. „Später…", dachte er und wartete auf Sunny.

Der Dorsch war herrlich zubereitet, aber auch wenn er nicht so gut gewesen wäre… Ellen war das egal. Es war lange her, dass sie sich so gefühlt hatte wie jetzt gerade. Nervös strich sie sich durch die Haare, die –hoffentlich- saßen. Mogen Elvgaard ging es ähnlich. Die Frau ihm gegenüber erregte ihn, wie schon lange keine mehr. Sie redeten, aßen, tranken eine Flasche kühlen Weißwein und… konnten es beide kaum erwarten, Mogens Wohnung aufzusuchen. Mogen versicherte ihr, dass sie ihren Mini dort stehen lassen konnte, wo sie ihn geparkt hatte und er nahm ihre Reisetasche, die sie aus dem kleinen Kofferraum holte. Es war nicht weit bis zur Steenspade, in der sich seine Dachwohnung befand. Drei Zimmer, von denen das eine fast nie benutzt wurde und das Ellen nun als Gästezimmer zugedacht war. Das war der Plan gewesen, aber schon auf dem Absatz vom ersten zum zweiten Stock des Treppenhauses ging die Beleuchtung aus und Ellen wandte sich Mogen zu und küsste ihn, was er ohne große Verwunderung hinnahm und erwiderte. Er ließ die Reisetasche fallen und ließ seine Hände über ihren Körper wandern und sie beide lösten sich ein bisschen erschrocken voneinander, als die Beleuchtung wieder anging, die ein anderer heimkehrender Hausbewohner ausgelöst hatte. „Komm…", sagte

Mogen mit rauer Stimme, nahm die Reisetasche auf und führte Ellen in den vierten Stock, wo er aufschloss und Ellen den Vortritt in den Flur ließ. Er machte kein Licht und wieder fiel die Reisetasche zu Boden. Ihre Münder fanden sich sofort wieder und beide begannen, an der Kleidung des jeweils anderen zu zerren. Langsam zog Mogen Ellen zu seinem Schlafzimmer und Schuhe, Pullover, Hosen und Mogens Unterhemd bezeichneten einen Pfad dorthin. Die Straßenbeleuchtung legte einen diffusen Dämmerschein in das Zimmer und Ellen und Mogen legten sich aufs Bett. Ohne ihre Münder voneinander zu lösen befreiten sie sich von den Resten ihrer Kleidung. Mogen öffnete mit einiger Mühe ihren BH und fuhr mit seinen Fingerspitzen über ihre harten kleinen Brustwarzen, was einen Schauer der Erregung und Erwartung in ihr auslöste, wie sie es lange nicht mehr erfahren hatte. Ihre Hand fuhr über die Wölbung seiner Unterhose und dann in sie hinein. Sie umfasste seinen harten, sich seltsam warm anfühlenden Penis und Mogen half ihr, ihm die Hose auszuziehen, während er seinerseits an ihrem Slip zerrte. Er beugte sich über sie und sie stieß ein leichtes Stöhnen aus, während sich seine Lippen – kurz von ihrem Mund ablassend- um eine ihrer Brustwarzen schlossen. Die Finger seiner anderen Hand hatten schon ihren Schoß und ihre erregte Klitoris gefunden, die er zu massieren begann. Sie stöhnte lauter und rieb seinen Penis nun heftiger und dann befreite sie sich mit einem leisen Aufschrei, drehte ihn auf den Rücken und setze sich auf ihn. In einer einzigen flüssigen Bewegung glitt er in sie und es dauerte nur einige wenige Sekunden bis sie von einem in dieser Stärke – wie sie meinte- noch nie gehabten Orgasmus geschüttelt wurde, dem auch Mogen sich nicht entziehen konnte. Sie schrie erneut auf als sie spürte, wie sein Penis in ihr anzuschwellen schien und dann hatte auch er seinen Höhepunkt.

Später lagen sie nebeneinander im Bett und streichelten sich. „Ich hol uns mal was zu trinken", sagte er und sie sagte „Oh ja… Hast du Wein?" Mogen ging in die Küche, füllte zwei Gläser mit köstlich kühlem Weißwein und brachte ihn ihr. Sein Kopf war seltsam leer, aber als er ins Zimmer zurück kam, sah er sie im Halbdunkel im Bett sitzen. Sie hatte die Kissen an die Wand geschoben und saß abwartend da. Er nahm das Bild in sich auf. Ihre halblangen Haare, das nicht besonders ebenmäßige aparte Gesicht… Ihr Busen, nicht mehr straff aber formschön… Über den Schoß hatte sie die Decke gezogen und hielt sie nun einladend hoch, so dass er sich neben sie setzen konnte, sorgfältig darauf achtend, den Wein nicht zu verschütten, den sie dankbar annahm. „Das war so schön", sagte sie leise und er beugte sich zu ihr und küsste sie sanft. „Ja", antwortete er. „Skol, mein Schatz", sagte er und stieß sein Glas an ihres und sie tranken. „Wir wissen gar nichts voneinander…", sagte sie nach einer Weile und er nahm ihr das Glas aus der Hand und stellte es neben seines auf den kleinen Nachttisch. Er küsste sie erneut und seine Hand strich über ihren Bauch nach unten. „Das Wichtigste wissen wir", flüsterte er und sie überließ sich seinen Zärtlichkeiten, die nun ganz anders waren. Die erste Gier wich einer langsamen, aber stetigen Zunahme des Verlangens und erst als der Morgen anbrach sanken sie Arm in Arm in einen erholsamen Schlaf.

Inger Svalemoen sah erstaunt und neugierig die Frau an, die zusammen mit Mogen Elvgaard ihr Büro betrat. „Hallo Inger", begrüßte Mogen sie und stellte dann Ellen vor. „Ellen Hamann aus Lübeck, die Ermittlerin der Versicherung, bei der das Boot versichert war." „Hallo" sagte Inger und sah sofort, das da zwischen ihren beiden Besuchern ein Feuer brannte, an dem sie sich auch gern wieder einmal verbrannt hätte. „Hast du etwas Neues für uns?" fragte Mogen und Inger reichte ihm einen dünnen Aktenordner. „Die Leiche war zu stark verbrannt, als das da Verwertbares zu finden gewesen wäre. Eine rätselhafte Verätzung von Luft-, Speiseröhre und oberer Lunge. Keine Ahnung, wo das herrührt. Irgendetwas, was verbrannt ist muss diese Ausdünstungen erzeugt haben." Ellen sah möglichst unbeteiligt auf den ohnehin auf für sie nicht lesbaren, in dänischer Sprache abgefassten Bericht. Sie hätte Inger Svalemoen sehr wohl sagen können, was die Verätzung hervorgerufen hatte. Mit leichtem Grauen erinnerte sie sich an den Moment, in dem sie Steffen Malchow mit Hilfe des Löschpulvers getötet hatte. „Ist dir nicht gut?" fragte Elvgaard, der bemerkte, dass sie bleich wurde. „Nein, geht schon", antwortete Ellen. „Die Luft hier drinnen...Kann ich eine deutsche Übersetzung des Berichts bekommen?" fragte sie und Inger grinste schief. „Das ist bei unserem Budget nicht drin. Sie können eine Kopie haben, wenn Mogen nichts dagegen hat, aber übersetzen lassen müssen sie das dann schon selbst... oder dänisch lernen." Alle drei lachten und Ellen dachte, dass es vielleicht ohnehin keine schlechte Idee war, dänisch zu lernen. Mogen schloss den Ordner. „Tja, also dann... Ich sehe keinen Anlass für weitere Ermittlungen. War wohl ein Unfall. Bis auf die Identität des Opfers... Wir können nur hoffen, dass eure Leute etwas herausfinden. Ellen nickte. „Die Küstenwache und die Neustädter Kriminalpolizei untersuchen den

Fall. Ich kenne die Leute. Die sind tüchtig. Ich denke, die werden schon bald herausgefunden haben, wer der Tote war. „Wir können ihn nicht ewig hier in der Kühlkammer aufbewahren", bemerkte Inger. „Wollt ihr Kaffee?" fragte sie, aber Ellen sagte. „Nein danke, ich muss zurück nach Lübeck. Da wartet noch Arbeit auf mich." Mogen sah sie überrascht an. Er hatte gehofft, dass sie noch bleiben würde… wenigstens noch eine Nacht. Sie verabschiedeten sich von Inger und traten auf die Straße, wo Ellen gierig die frische Luft einsog, um den chemischen Geruch der Pathologie aus ihren Lungen zu bekommen. „Musst du wirklich schon los?" fragte Mogen beklommen. Ellen strich ihm mit der Hand übers Gesicht. „Ja, mein Schatz. Ein anderer Fall wartet, aber wenn der abgeschlossen ist… Ich würde hier in der Gegend gern mal Urlaub machen." Mogens Gesicht leuchtete auf. „Ich habe in Falsled ein Boot. Eine kleine Segelyacht… Magst du segeln", fragte er ein bisschen ängstlich, dass ihre Anwort „Nein" sein könnte, aber ihr strahlendes Lächeln und ihr Händedruck ließen ihn erleichtert lachen.   „Ich freu mich drauf", sagte sie. „Gehört ja schließlich zu meinem Job, Wassersport zu mögen, oder?" Er nickte. „Aber einen Kaffee trinkst du noch, bevor du fährst. Dort ist eine Bäckerei." Er wies über die Straße und sie saßen sich noch für eine kurze Stunde gegenüber und versuchten eine Zukunft zu planen, von der sie nicht wussten, ob die jemals eintreffen würde.

Ellens Kopf war voller Gedanken   als sie auf der Autobahn in Richtung Lübeck fuhr. So viel und so wenig hatte sich für sie geändert in den letzten nicht einmal fünfzehn Stunden. Mogen… Es war toll gewesen, aber konnte DAS Bestand haben? Ihre Leben waren so unterschiedlich.

Ihre Wohnorte so weit voneinander entfernt... „Wir werden sehen...",
dachte sie und war froh, dass für die dänische Seite der Fall „Malchow",
von dem die Dänen nicht einmal wussten, dass die Leiche so hieß,
abgeschlossen war. „Rolf wird sich freuen", dachte sie und auch Inga
und Vera. Ihr Handy war die ganze Zeit auf „Stumm" geschaltet
gewesen. Jetzt sah sie, dass eine Meldung auf ihrer Mailbox war. Sie
betätigte die Freisprech-Einrichtung und hörte Riedels triumphierende
Stimme als er ihr mitteilte, dass sich augenscheinlich sowohl
Kreienboom, als auch Klee auf Gran Canaria befanden. Wahrscheinlich
in Puerto de Mogan, an das sie ganz eigene, zwiespältige Erinnerungen
hatte eines längst vergangenen Falles wegen... „Dann muss ich da wohl
wieder hin", dachte sie und gab Gas.

Dr. Drachte war sehr erleichtert. Die Rückkehr Vera Kreienbooms die,
bis auf ihre Verletzung, die Entführung erstaunlich gut überstanden
hatte, ließ ihn aufatmen. Zufrieden vor sich hin summend legte er letzte
Hand an den Vertrag, der in zwei Stunden die Übernahme der Firma
durch die Chinesen besiegeln würde. Die Kartellbehörde in Berlin hatte
keine Einwände gehabt, wovor er eigentlich ziemliche Angst gehabt
hatte. Eine andere Sache waren die persönlichen Patentrechte Fred
Kreienbooms gewesen, auf die die Chinesen bestanden. Drachte hatte
das mit Vera besprochen und als er ihr erzählt hatte, dass Fred für den
Vorvertrag sozusagen in ihrem Namen ihre Unterschrift gefälscht hatte

sagte sie leichthin „Dann mach ich das auch…" Dr. Drachte hatte diesmal nicht so viele Skrupel, denn schließlich war Fred mit den zehn Millionen verschwunden. Sie hatte Freds nicht allzu schwierige Unterschrift flüssig auf Patentverzicht- und Kaufvertrag gesetzt und dabei zufrieden vor sich hin gekichert. Er schloss die Mappe mit den Verträgen und rief seine Sekretärin herein, der er die Mappe reichte. „Fünf Kopien bitte und einen Kaffee." Sie lächelte ihn an. „Kommt sofort, Chef." Als der dampfende Kaffeebecher vor ihm stand, lehnte er sich zufrieden in seinen Sessel und dachte an die nicht unerhebliche Provision, die ihm der Verkaufsabschluss eintragen würde.

Ein bisschen unwohl war Sunny doch dabei, diese Ellen Hamann und ihren Mann gemeinsam nach Gran Canaria abfliegen zu sehen. Sie war nicht besonders eifersüchtig auf diese Frau aber… Man hatte ja schon „Pferde kotzen" sehen. Sunny hatte die Beiden zum Hamburger Flughafen gebracht, von wo aus sie mit der Condor schon sehr früh abflogen. Zu früh, um mit der Bahn von Lübeck aus anzureisen. „Tschüss Schatz. In ein paar Tagen bin ich wieder hier", hatte ihr Rolf gesagt und sie geküsst. Ellen hatte ihr mit einem Lächeln die Hand gegeben. „Danke fürs mitnehmen. Ich passe gut auf Rolf auf", sagte sie und Sunny sah dem Paar nachdenklich nach, bis sie durch die Security-Schleuse verschwanden. Seufzend ging sie zu ihrem Wagen und fuhr nach Travemünde zurück. Als sie dort anlangte, war der Airbus der Condor gerade gestartet und befand sich im Steigflug mit einer langgestreckten Linkskurve nach dem Start fast in nördliche Richtung. Die Sicht war gut und Ellen, die am Fenster auf der linken Seite saß, sah die Stadt unter sich vorbeiziehen. „Sieh mal…die Außenalster", wies sie Rolf, der sich zu ihr herüber beugte hin. „Da bin ich früher oft mit meinem Mann spazieren gegangen." Sie musste plötzlich an Udo denken, mit dem sie so viele Jahre verheiratet gewesen war, aber dann wandelte sich das Gesicht vor ihrem inneren Auge in Mogens und sie lächelte. „Muss ja schön gewesen sein", deutete Rolf ihren Gesichtsausdruck und sie schwieg. Die Stewardess brachte Kaffee und sie erzählte Rolf ein wenig aus ihrer Vergangenheit, was sie selten jemand annähernd Fremden gegenüber tat. Dadurch verging der Flug „wie im Flug" und nach Landung und Gepäckempfang nahmen sie ein Taxi, das sie nach Puerto de Mogan brachte. Während der knapp einstündigen Fahrt wurde Ellen immer stiller, was Rolf bemerkte. Ellen hatte ihm erzählt, dass sie schon einmal „wegen Ermittlungen" dort gewesen war. Nun merkte sie, dass sie nicht alles von damals verarbeitet hatte. Paul Schrothoff... Sie hatte sich mit ihm eingelassen und ihn ausgenutzt und verraten. Das er daran zerbrach und sich erhängte...

Sie spürte, dass sie Schuld daran trug und Tränen traten ihr in die Augen, die sie verstohlen, damit Rolf Riedel nichts merkte, wegzuwischen versuchte. Er bemerkte das natürlich trotzdem, sah aber angestrengt aus dem Fenster. Es war eine schöne felsige Landschaft durch die sie, nachdem sie die Schnellstraße und die Ausläufer Playa del Ingles hinter sich gelassen hatten, fuhren. Rolf war noch nie hier gewesen und bedauerte, dass Sunny nicht bei ihm war. „Toller Song..." versuchte er Ellen mit Hinweis auf den spanischen Popsong von Alvaro Soler, der aus dem Radio des Taxis tönte aufzumuntern, aber als sie nicht reagierte, überließ er sie ihren Erinnerungen.

Alice Kreutzer und Arved Steinhaus hatten endlich eine Spur, der sie nachgehen konnten. Vera hatte die Verbindung ihres Mannes zu

Helmut Klee und ihren Verdacht, dass der an der Entführung beteiligt sein musste dargelegt. Nachforschungen, unter anderem in den „Hanse Stuben", hatten das bestätigt, denn trotzdem Klee seinen Angestellten verboten hatte seinen Aufenthaltsort auszuplaudern, hatte Alices Polizeiausweis und der Hinweis, dass das Verschweigen sachdienlicher Hinweise in einem Kriminalfall strafbar wäre, seine Spur nach Gran Canaria offen gelegt. Recherchen bei den Fluggesellschaften, die von Hamburg aus Las Palmas anflogen hatten das bestätigt, was Oberkommissar Steinhaus in einem Geistesblitz darauf brachte auf diese Weise auch nach Fred Kreienboom zu suchen und nachdem Hamburg und Hannover keinen Erfolg gebracht hatten, jubelte er laut auf, als er in den Passagierlisten der Easyjet in Berlin seinen Namen fand. „Super, Kollege", zollte ihm Alice Kreutzer Beifall und ärgerte sich, dass sie nicht selbst auf diesen Einfall gekommen war. Ihr Vorgesetzter, Polizeirat Lorenz, war nicht begeistert darüber, ihr und Steinhaus eine Dienstreise nach Gran Canaria zu genehmigen und schlug vor, von den dortigen Behörden Nachforschungen anstellen zu lassen, aber Alice konnte ihn mit dem Hinweis auf das Geld überzeugen. Bevor sie abflogen, besuchte Alice noch einmal Vera Kreienboom und teilte ihr mit, dass ihr Mann sich definitiv auf Gran Canaria aufhielt und damit die, wenn auch vage Möglichkeit, dass er im Zuge der Geldübergabe selbst zu Schaden gekommen war, vom Tisch wäre. Etwas zerknirscht gestand Vera, dass sie das schon gewusst hätte und Ellen Hamann und Rolf Riedel engagiert hatte, um das Geld zurück zu bekommen. Alices Gesicht lief rot an „Das hätten sie uns sofort mitteilen müssen!" schrie sie Vera an. „Was gibt es noch, was sie uns verschwiegen haben?" Vera dachte einen Moment daran, alles auszusagen, was in Dänemark geschehen war, schaffte es aber, nur tapfer den Kopf zu schütteln und nichts zu sagen. „Ich habe Kopfweh", klagte sie und wies auf ihren immer noch mit einem Turban ähnlichen Verband bedeckten Kopf, unter dem ihr „neues" Ohr langsam anwuchs. Alice beruhigte sich. „Na schön, wir werden dort ermitteln. Wenn ihnen noch etwas einfällt, rufen sie mich auf meinem Handy an." Sie gab Vera ihre private Nummer und verabschiedete sich. Als sie die Allee zur Straße entlang fuhr wusste sie instinktiv, dass Vera ihr etwas verschwieg. Aber das musste warten.

Ellen und Rolf hatten keine Unterkunft vorgebucht und es stellte sich als schwierig heraus, vor Ort ein Zimmer zu bekommen. Schließlich fanden sie mit Hilfe des Kellners in der kleinen Bodega, der sich an Ellen erinnerte ein Appartement im oberen Teil des Ortes. Rolf grinste verlegen, als er das breite Doppelbett und die eher winzige Couch im Wohnzimmer miteinander verglich. „Darauf kriege ich kein Auge zu", sagte er, nachdem er sich zur Probe auf dem Sofa ausgestreckt hatte. Ellen nickte und probierte es auch. „Wird schon gehen", sagte sie dann, sah aber ein, dass Rolfs schiere Größe entschied. Sie richteten sich ein und saßen dann auf dem Balkon, der sich zum Hafen hin befand. Auf dem Küchentisch hatte eine „Begrüßungsflasche" Sekt gestanden, die Rolf jetzt öffnete. Er brachte sie und zwei Gläser, schenkte ein und prostete Ellen zu. Sie trank schweigend und sah aufs Meer hinaus. „Immer noch so nachdenklich…", sagte er und sie erzählte ein bisschen mehr von ihrem Abenteuer mit Paul Schrothoff, dessen Namen sie nicht erwähnte und auch alles auslieẞ, was nicht mit ihrer privaten

Verstrickung mit diesem Mann zu tun hatte und Rolf beließ es dabei. „Wie gehen wir vor?" fragte er schließlich und Ellen gab sich einen Ruck und kehrte ins Hier und Jetzt zurück. Sie dachte einen Moment nach. „Wir wissen ja, dass er hier ist und sein Boot für die Regatta vorbereitet. Wir haben sein Foto und wissen auch wie sein Boot aussieht." Sie stand auf und holte die Fotos, die Vera ihnen gegeben hatte. Fred Kreienboom stand   darauf stolz lächelnd an Deck einer schnittigen Rennyacht. Auf einem anderen Foto stand er neben einem anderen Mann von dem Vera ihnen gesagt hatte, dass das Helmut Klee sei. Leider war die Aufnahme etwas undeutlich, weil sie offensichtlich bei Gegenlicht auf dem Golfplatz entstanden war und Klee ein tief in die Stirn gezogenes Käppi und eine große Sonnenbrille trug. „Wenn der hier auftaucht, haben wir beide im Sack", sagte Riedel. Ellen nickte. „Kreienboom kennt mich, aber ich werde mich ein bisschen verkleiden. Wir können uns also frei bewegen. Lass uns mit einem Rundgang durch den Hafen beginnen. Vielleicht finden wir das Boot." Sie tranken aus und ließen ihr Gepäck vorerst stehen. Auf dem Weg die Steintreppen zum Hafen hinunter stolperte Ellen und wäre fast gestürzt, aber Rolf fing sie geschickt auf und behielt sie bis unten am Arm.

Nur drei Häuser weiter lehnte Fred Kreienboom am Geländer seines Balkons und beobachtete die Szene. „Ein schönes Paar", dachte er ein bisschen wehmütig. Ihm war noch ein bisschen schwindelig von der Sauferei mit den englischen Seglerfreunden am Vorabend. „Das muss aufhören", sagte er sich und es würde definitiv am Samstag aufhören, wenn der Startschuss die „Kondor" auf den langen Weg nach San Lucia schickte. Sofort kribbelte es vor Vorfreude am ganzen Körper. Es würde DAS Abenteuer seines Lebens werden. Sein Blick fiel auf die Kiste mit den Sitzkissen, in der das Geld versteckt war. Er grübelte darüber nach, wo er es an Bord verstecken konnte. Vorerst holte er sich noch ein Bier aus dem Kühlschrank und verfolgte mit seinen Blicken die auslaufenden Boote, die wundervoll aussahen zwischen den sonnenüberfluteten glitzernden Wellen. Samstag…

Alice Kreutzer und Arved Steinhaus standen etwas unsicher und schon eine Weile in der Ankunftshalle des Flughafens Las Palmas. Senor Moreno, der Kommissar der spanischen Polizei mit dem Ellen seiner Deutschkenntnisse wegen bei ihrem Telefonat mit den hiesigen Behörden gesprochen hatte, hatte versprochen sie abzuholen sich nun aber offenbar verspätet. Die anderen Passagiere ihres Fluges von Hamburg waren alle weg. „Vielleicht sollten wir ein Taxi ins Präsidium nehmen", schlug Steinhaus vor und Alice nickte. Gerade als sie ihr Gepäck aufnehmen wollten, sahen sie einen schmächtigen braungebrannten Mann in einem schlecht sitzenden Anzug durch die Eingangstür der Halle kommen. Er sah sich suchend um und seine Miene verzog sich zu einem Lächeln, als er Alice und Arved zielsicher ansteuerte. „Buenas Dias, Senora…Senor", sagte er. „Entschuldigen

Verspätung bitte. Traffic… Verstehen?" Alice sagte erleichtert „Aber natürlich, Senor Moreno? Alles, wie zu Hause." „Ich habe kontrolliert Meldescheine in Puerto deMogan, si?" Er machte eine kleine Pause, um seinen Triumpf auszukosten. „Beide Personas sind dort. Verschiedene Hotels. Senor Klee in Senses Hotel, Senor Kreienboom…" der Name machte ihm Schwierigkeiten bei der Aussprache, „in Apartemento „Villa del Mar." Wollen sie verhaften sofort?" Alice dachte kurz nach. „Ich denke, wir beobachten sie erst mal. Vielleicht kommen wir so an das Geld." Moreno nickte „Bueno. Ich habe gebucht Zimmer für sie swei in Pension am Hafen." Er grinste. „Nicht so teuer, wegen Spesen. Hahaha." Alice nickte. „Danke Senor, ist ja nur für ein paar Nächte maximal. Dann nehmen wir die beiden fest, das heißt, das müssen sie machen. Bleiben sie die ganze Zeit bei uns?" Moreno grinste wieder. „Wäre schön, mit sie in Mogan. Fast wie Urlaub, aber… geht nicht. Mucho Arbeit." Er gab Alice seine Karte. Sie rufen an, wenn mich brauchen. Dauert nicht lange, dann ich komme, si?" Moreno geleitete seine deutschen Kollegen aus dem Gebäude und zu seinem Seat, der im Halteverbot stand, was aber ein Aufkleber an der Windschutzscheibe mit den Worten „Policia" legalisierte. Auch Alice Kreutzer und Arved Steinhaus genossen die Fahrt über die von Felsen und Meerblick gesäumte Uferstraße und Moreno brachte sie zu ihrer Unterkunft, einer kleinen Pension am Rande des Paseo, verabschiedete sich und fuhr davon. Sie bezogen ihre Zimmer und trafen sich bald darauf wie verabredet in dem kleinen Straßencafe vor dem Haus.

Ellen Hamann, durch einen großen Strohhut und Sonnenbrille kaum wieder zu erkennen, und Rolf Riedel wurden sehr schnell fündig. Der Hafen war um diese Zeit frei zugänglich, was sich in der Nacht ändern würde. Dann gab es einen Wachdienst, der nur Bootsbewohner auf die Stege ließ, denn es war in der Vergangenheit zu Diebstählen auf den teuren Yachten gekommen. Sie hatten sich durch eine große Menschenmenge schieben müssen, die den Paseo bevölkerte und kaum einen freien Platz in einem der vielen Bars und Cafes frei ließ. Rolf, der zum ersten Mal hier war, bewunderte die an Venedig erinnernde Architektur mit den vielen Kanälen, die von malerischen Brücken überspannt wurden. „Das haben die aber toll gemacht hier", sagte er und auch Ellen fand die Atmosphäre mit den wunderbar blühenden Bougainvillea-Stauden, in denen die berühmten Kanarienvögel um die Wette sangen schön. Sie erreichten den Yachthafen und begannen, systematisch die Stege abzugehen. Schon am Ende des zweiten Steges fanden sie die „Kondor", eingezwängt zwischen anderen ähnlichen Rennyachten, auf denen reges Treiben herrschte. „Wollen wir direkt mit ihm sprechen?" fragte Rolf Riedel und Ellen schüttelte den Kopf. „Erst mal sehen, ob der andere" – sie meinte Helmut Klee – „auch da ist. Sie schlenderten ein Stück weiter und betrachteten wie so viele andere Touristen die farbenfrohen Boote. Mit ein bisschen Glück würden sie Fred Kreienboom zu Gesicht bekommen, aber nach rund einer halben Stunde sahen sie, dass sich auf der „Kondor" nichts tat. Langsam fielen sie auf und deshalb schlug Ellen vor, sich erst einmal zu entfernen. Rolf, den mittlerweile wegen der hohen Temperatur ein höllischer Durst plagte, stimmte erfreut zu. Frisch angekommen, hatten sie auch noch viel zu viel Kleidung an. Wieder an Land konnten sie zunächst nirgends einen schattigen Platz in einem Cafe finden... bis sie plötzlich angerufen wurden. „Ellen… hier sind wir!" Ellen und Rolf drehten sich um und sahen Hauptkommissarin Alice Kreutzer heftig winkend auf der Terrasse einer kleinen Bodega stehen. „Scheiße…", sagte Ellen, lächelte aber und ging zu ihrer Ex-Kollegin hinüber. Riedel folgte und seine Augen weiteten sich, als er die Polizistin erkannte, mit der er vor nunmehr zwei Jahren das Attentat auf die Fregatte „Lübeck" vereitelt hatte.   (Alles darüber in meinem Buch „Blutrache)

Die Frauen nahmen sich in den Arm und auch Rolf Riedel wurde von Alice Kreutzer gedrückt, die aber ein Zusammentreffen mit Ellen und Rolf erwartet hatte, da Vera Kreienboom ihr gesagt hatte, dass sie die beiden zur Wiederbeschaffung des Geldes engagiert hatte. So war einzig Arved Steinhaus den übrigen unbekannt und Alice stellte ihn vor. „Setzt euch zu uns", lud sie Ellen und Rolf ein. Der Kellner brachte ziemlich schnell kühles San Miguel Bier und Rolf genoss seines in einem einzigen langen Zug, was die anderen drei staunend sahen. „Entschuldigung", sagte Rolf. „Ich bin fast ausgedörrt. Ist fast wie in Somalia…" „Was ist wie in Somalia?" fragte Steinhaus interessiert und Rolf sah ihn irritiert an. „Ach nichts…", sagte er und bestellte ein zweites Bier. Alice und Ellen übernahmen die Unterhaltung und begannen sich über die Aspekte dieses Falles auszutauschen. „Wir sollten zusammen arbeiten", sagte Alice schließlich. Unser Ziel ist ja ungefähr das gleiche, oder?" Ellen stimmte zu und nur Steinhaus gab zu bedenken, dass Alice und er die Polizei wären, also das Sagen hätten. Ellen musste grinsen. Genauso hätte sie es vor nicht allzu langer Zeit auch zu Privatdetektiven gesagt. „Wir haben das Boot lokalisiert", berichtete Ellen und sie beschlossen sich bei der Beobachtung abzulösen. „Wir haben die Adressen von Klee und Kreienboom", sagte Alice und Ellen staunte, dass sie praktisch in der Nachbarschaft Kreienbooms wohnten. „Viel Zeit haben wir nicht. Samstag, also übermorgen startet die Regatta", meinte Alice. Rolf Riedel schüttelte den Kopf. „Wenn wir den Aufenthaltsort der beiden und des Bootes haben… Warum verhaftet ihr sie nicht." Alice wiegte den Kopf. „Vielleicht haben sie das Geld irgendwo an Land versteckt… Eilt ja nicht. Wir beobachten… sagen wir bis morgen Nachmittag. Wenn sich dann nichts ergibt, rufe ich Moreno an und wir nehmen sie Hopp!" „Wer ist Moreno?" fragte Ellen. „Ach so… unser Kontakt hier bei der Polizei. Wir dürfen ja nicht selbst hier Leute verhaften." Sie unterhielten sich noch eine Weile, dann stand Rolf Riedel auf und begab sich zum Hafen zurück. Er hatte die erste Wache gezogen. Sie hatten alle ihre Handynummern ausgetauscht. Alice Kreutzer und ihr Kollege Steinhaus sowie Ellen gingen in ihre Quartiere zu einer kurzen Siesta. Rolf fand eine schattige Bank am Hafenrand von wo aus er den Steg, an welchem die „Kondor" lag, übersehen konnte. Er hoffte sehr, dass Fred Kreienboom bald erscheinen würde.

Fred Kreienboom erschien nicht, er war schon da. Während die vier in der Bodega ihr kaltes Bier genossen hatten, war er an Bord gegangen. In seinem Appartement hatte er das Geld in einen Seesack verstaut und an Bord gebracht. Nachdem er sorgfältig das Schott verschlossen hatte, suchte er nun einen Platz für die doch ziemlich große Menge Geldscheine. Nichts war verschlossen genug und es gab in diesem kahlen Rumpf keine Panele, die man vielleicht lösen und dahinter die Scheine verstecken konnte… Sein Blick fiel auf die Segeltuchkojen, die einen Rahmen aus Stahlrohren hatten und diese Rohre hatten Abdeckkappen an den Enden… Sie lösten sich schwer, aber dann ging es. Die Rohre hatten einen Innendurchmesser von gut sechs

Zentimeter. Fred holte Tape, von dem er einen Vorrat hatte aus einem Schapp und begann Rollen aus Geldscheinen anzufertigen, was ziemlich lange dauerte. Die Sonne brannte auf den Kunststoffrumpf und er war nach kurzer Zeit schweißgebadet, hörte aber nicht auf, bis alles Geld gerollt und mit einem kleinen Streifen Tape zusammengehalten war. Dann stopfte er die Röllchen in die Rohre und brauchte tatsächlich nahezu alle vier Röhren der beiden Kojen dazu. Zuletzt setzte er die Abdeckkappen wieder auf. Gierig trank er eine Flasche Mineralwasser auf Ex und öffnete das Schott, um an Deck zu gehen, konnte es aber gerade noch wieder schließen, bevor der Mann auf dem Steg ihn sah... Helmut Klee.

Helmut Klee hatte mit wachsender Ungeduld die Nacht im Senses Hotel verbracht. Beinahe wäre ihm Kreienboom dort in die Arme gelaufen. Die Engländer hatten ihre Party, an der Fred teilgenommen hatte, eigentlich dort feiern wollen, waren dann aber, weil alles reserviert war, in eine andere Bar ausgewichen. So saß Helmut Klee dort an der Theke und wartete auf die Männer, die Rodrigo ihm schicken wollte. Als sie endlich kamen, war er zunächst etwas enttäuscht, denn sie entsprachen nicht dem Typ, wie ihn etwa Steffen Malchow dargestellt hatte. Helmut Klee fragte sich immer noch, was aus dem geworden war... Keine Rückmeldung, Nichts! Diese Vera war frei, also musste er massiv versagt haben und war deshalb wahrscheinlich untergetaucht.

Der Anführer der drei fragte den Barmann und der wies auf Klee, der ihm gesagt hatte, dass er Besuch erwartete. „Senor Klee?" fragte der Spanier, eher hager mit scharfen Gesichtszügen und unreiner Haut.

181

„Rodrigo schickt uns…" Helmut Klee rutschte vom Barhocker und hielt dem Spanier die Hand hin, die der aber übersah. Er zuckte die Schultern und bestellte eine Runde Bier. Sie fanden eine ruhige Ecke und Klee erläuterte den Männern, von denen nur der Anführer deutsch sprach, was er von ihnen erwartete.

Nun stand er auf dem Steg. Es hatte ihn einen großen Schein gekostet, vom Hafenmeister den Liegeplatz von Kreienbooms Boot zu erfahren, aber der war offensichtlich nicht da. Er blieb eine Weile unschlüssig dort stehen und überlegte, ob er es wagen konnte an Bord zu gehen, das Schott aufzubrechen und das Boot zu durchsuchen, entschied sich aber notgedrungen dagegen, weil auf den Nachbarbooten Leute waren, die Kreienboom vielleicht kannten und seinen Einbruch vereitelten… Er ging zurück, verließ den Steg und setzte sich neben einen großen kräftigen Mann auf eine schattige Bank, von wo aus er den Steg gut übersehen konnte. Kreienboom musste ja bald kommen.

Rolf Riedel war sich nicht sicher. War das der Mann - dieser Klee- den sie suchten? Unauffällig sah er immer wieder zu ihm hinüber. Auf dem Foto hatte er eine große Sonnenbrille getragen… Er überlegte, ob er ihn ansprechen sollte, zweifelte aber mehr und mehr daran, Klee neben sich zu haben. Der Mann kramte in seiner Jackentasche… und setzte sich eine Sonnenbrille -DIE Sonnenbrille- auf und nun war Riedel alles klar. Er überlegte fieberhaft, was er nun tun sollte, aber dann sah er Alice Kreutzer auf sich zukommen, stand auf und ging ihr entgegen. Sie lächelte, zuckte aber erstaunt ein bisschen zusammen, als Riedel sie, als wären sie ein Liebespaar, an sich zog und umarmte. „Da sitzt dieser Klee", zischte Rolf Riedel erklärend in ihr Ohr. Sie spähte an seinem Kopf vorbei und… tatsächlich. Dort saß Helmut Klee. Sie nahm Riedel an der

Hand um die Illusion eines Paares aufrecht zu erhalten und sie entfernten sich ein paar Schritte, sich bewusst, dass Klee sie beobachtete.

„Schicke Frau…", dachte der. Wenn dies alles durchgezogen war, würde er auch wieder an eine Beziehung denken. Er sah sich um. Rodrigos Männer, Manolo, Raul und Feliz, lehnten nicht weit entfernt an der Steinmauer, die den Hafen umschloss und warteten auf sein Zeichen, wenn Kreienboom erschien.

Fred Kreienboom überlegte fieberhaft. Wie hatte Klee ihn gefunden? Er kannte ihn gut genug um zu wissen, dass Klee ihm sein Verschwinden mit dem Geld seeehr übel nahm. Trotzdem… wenn er einfach hinaus ginge und ihm seinen Anteil gäbe? Er hatte Angst vor Klee. Er legte sich auf die Koje, in deren Röhren sein Geld versteckt war und überlegte. Nein Klee würde nun alles wollen… Dann wurde ihm klar, dass er nun nicht auf den Startschuss der Regatta warten konnte. Schon gestern hatte er zum Glück das Boot mit allem Nötigen für die etwa zweiwöchige Reise ausgestattet, vollgetankt hatte die Werft und Wasser hatte er selbst aufgefüllt. Nur sein Pass und andere Papiere waren noch in dem Appartement. Er würde auf die Nacht warten müssen…

„Bleib hier", bat Alice Riedel, den sie eigentlich ablösen wollte. „Klar", sagte Riedel. Sie fanden ein kleines Stück entfernt eine andere Bank, von der aus sie sowohl Klee, als auch den Steg einsehen konnten. Alice fischte ihr Handy aus ihrer Umhängetasche und informierte Ellen und Steinhaus, die sie demnächst ablösen würden.

Eine halbe Stunde lang geschah nichts, dann erhob sich Klee und ging auf drei Männer zu, die an der Hafenmauer lehnten. Riedel stieß Alice an, die gerade eine SMS an ihren Freund in Lübeck tippte. „Neue Mitspieler", sagte Alice und zog Riedel hoch. „Stell dich da hin, ich mach ein Foto von dir", sagte sie laut und Rolf musste sich vor die Boote stellen. „Jetzt mal da hin", kommandierte Alice und Riedel wurde klar, dass sie die Männer hinter ihm fotografieren wollte. Er grinste und stellte sich auffällig in Positur. Klee bemerkte das, schenkte dem Paar aber keine Beachtung. Touristen halt... „Ihr haltet euch bereit, ok? Wenn er kommt, schnappen wir ihn uns", sagte er und Manolo nickte. Dann setzte er sich wieder auf seine Bank und fluchte leise auf diesen Kreienboom.

„Weißt du was ich denke?" fragte Alice als sie auch wieder nebeneinander auf „ihrer" Bank saßen. „Die warten ebenso wie wir auf Kreienboom." Riedel nickte. „Wahrscheinlich ist der mit dem Geld abgehauen und Klee sucht ihn jetzt", sagte er und traf den Nagel auf den Kopf. Alice seufzte. „Das wird mir hier zu brenzlig wegen der Typen da, die Klee bei sich hat. Ich schick das Foto mal an Kommissar Moreno. Vielleicht kennt er die oder hat sie im Polizeicomputer."

Es dauerte keine halbe Stunde, dann hatte Alice Kreutzer die Bestätigung auf ihrem Handy, dass sich da ein paar Polizeibekannte Schläger aus Barcelona in Klees Gesellschaft aufhielten. Alice rief Moreno an und sie verabredeten den Zugriff für die Nacht.

Kommissar Moreno pfiff leise vor sich hin. Das konnte interessant werden. Drei von Rodrigos Männer hier auf „seiner" Insel... Vor seiner Versetzung nach Gran Canaria war er in Barcelona stationiert gewesen und mit Rodrigo und seiner Bande hatte er noch ein Hühnchen zu rupfen. Er nahm sein Telefon und führte einige Gespräche. Eine Einsatzgruppe, die spanische Version des SEK, die Kreienboom in seinem Appartement festnehmen sollte, eine andere, die Klee und die drei Gangster fangen sollte und ein Schnellboot der Guardia Civil, deren Besatzung das Boot dieses Kreienboom im Hafen durchsuchen sollte… Er sah auf die Uhr und beschloss, etwas essen zu gehen, denn die Nacht würde lang werden.

Es wurde ein langer Nachmittag am Hafen. Besonders für Helmut Klee, der sich nicht getraute, seinen Beobachtungsplatz aufzugeben und Fred Kreienboom zu verpassen. Der wiederum saß im Inneren der von der Sonne wie ein Backofen aufgeheizten „Kondor" und schwitzte sich förmlich die Seele aus dem Leib. Ellen Hamann und Arved Steinhaus (es irritierte Ellen etwas, dass Steinhaus den gleichen Vornamen hatte wie ihr toter Liebhaber Maschke) lösten Alice Kreutzer und Rolf Riedel ab. Die beiden waren zu aufgedreht, um in ihr Quartier zu gehen, sondern nahmen in einem der nun leereren Strandbars eine leichte Mahlzeit ein. Danach allerdings – es wurde bereits Abend und jetzt Anfang Oktober, würde es bald dämmern- entschuldigte sich Riedel. „Ich muss dringend eine Dusche nehmen und was anderes anziehen." Alice lächelte. „Geht mir auch so." Sie sah auf ihre Armbanduhr. „In einer Stunde wieder hier? Wir treffen dann Kommissar Moreno und besprechen den Einsatz." Riedel nickte und sie begaben sich in ihr jeweiliges Quartier. Im Vorbeigehen sah Rolf zu dem Haus hoch, von dem er wusste, dass Kreienboom dort ein Zimmer hatte. Ob der gerade dort oben war? Er ging weiter und duschte ausgiebig. Spülte das Salz des Schweißes vom

Körper und zog sich leichtere, den Temperaturen angepasstere Kleidung an. Als er damit fertig war, nahm er sein Handy und ging auf den Balkon, um Sunny anzurufen. Es war nun nahezu dunkel und die Lampen tauchten den Hafen und den Paseo in ein malerisches Licht. „Hallo mein Schatz…", sagte er als Sunny sich meldete…

Im Yachthafen begann der Abend. Von den bewohnten Booten stiegen Leute, die sich in die Restaurants des Ortes begaben. An den Stegen standen nun Wachmänner, die den vorbeikommenden freundlich zunickten. Bei ihrer Rückkehr würden die Wachmänner diejenigen, die sie nicht persönlich kannten, nach ihrem Bootsnamen fragen…

Fred Kreienboom nutzte den Betrieb, um aus der Kajüte der „Kondor" zu schlüpfen. Leise und gebückt schlich er zum Heck. Das Nachbarboot war eine große Familienyacht aus Holland. Fred hatte durch das kleine Fenster gesehen, dass die Leute gerade an Land gegangen waren. Am Heck der Yacht war ein kleines Gummiboot befestigt, mit dem die Kinder des Eigners im Hafen herum paddelten. Vorsichtig zog Fred mit seinem Bootshaken das Dhingi heran und war erleichtert, dass die Paddel darin lagen. Sich vorsichtig umschauend, kletterte er in das schwankende Gummiboot und löste die Leine. Dann paddelte er zum entfernteren Ende des Hafens, wo er es am Ufer auflaufen ließ und die Leine an einem Pfosten befestigte. Niemand beachtete ihn und als er sich umsah, bemerkte er im Schein der Laternen ein schnittiges Schnellboot der spanischen Küstenwache, auf dessen Flanke die Worte „Guardia Civil" gemalt waren. Es legte am Hauptkai an und Fred maß dem keine Bedeutung bei. Sich immer wieder umdrehend aber so schnell er konnte, ohne aufzufallen begab er sich auf den Weg zu seiner Pension, um seine Papiere zu holen.

Moreno hatte alle Einsatzkräfte zur Besprechung auf das Schnellboot beordert. Auch Alice Kreutzer, Arved Steinhaus und Ellen Hamann waren da, wogegen Moreno keine Einwände hatte nachdem Alice im die Sachlage erklärt hatte. Einzig Rolf Riedel fehlte, weil er über sein Telefonat mit Sunny die Zeit vergessen hatte. Ellen versuchte ihn zu erreichen, aber es war ja besetzt…

„Noch warten?" fragte Moreno Alice, die kurz nachdachte. „Nein. Wir müssen halt hoffen, dass Kreienboom in seinem Zimmer ist oder auf dem Boot." Moreno nickte dem Leiter des Spezialkommandos zu. „Arriba. Zugriff!" Die bewaffneten Männer der ersten Gruppe gingen los. In Zivil, um keinen Aufruhr in diesem Touristenort zu erzeugen, aber schwer bewaffnet. Auch die zweite Gruppe startete. Zuletzt waren Klee und die drei Ganoven an der Hafenmauer gesehen worden und Alice hatte Kopien des Fotos verteilt, dass sie am Mittag geschossen hatte. Moreno ging mit ihnen und übergab Capitan Ferrol, dem Schiffsführer des Schnellbootes den Befehl hier. Seine Männer, drei Mann, würden in Kürze die Yacht durchsuchen und Kreienboom, sollte er dort sein, festnehmen. „Dürfen wir hier an Bord bleiben?" fragte Alice und Ferrol lächelte. „Naturalemente" sagte er und grinste Ellen, die er besonders anziehend fand an. „Ich versuch noch mal, Riedel anzurufen", sagte Ellen und diesmal ging er ran, aber er war kaum zu verstehen, denn er rannte…

Fred nahm den selben Weg zurück und bestieg ohne, wie er meinte, gesehen worden zu sein, die „Kondor" Schnell und routiniert traf er alle Vorbereitungen, startete den Motor und begab sich nach vorn, um die Leinen zu lösen.

Rolf Riedel hatte eben sein Gespräch mit Sunny beendet, als er unter sich – er lehnte am Geländer des Balkons- Kreienboom vorbeigehen und die Treppe zum Hafen betreten sah. „Scheiße", sagte er laut, stopfte sein Handy in die Tasche seiner Jeans und rannte los. Auf der Hälfte der Treppe klingelte sein Handy und er riss es heraus ohne anzuhalten. Als er hörte das es Ellen war schrie er „...Kreienboom ist unterwegs in den Hafen...!" Dann unterbrach er das Gespräch und lief weiter, aber er konnte Fred Kreienboom nirgends entdecken.

Nun geschahen einige Dinge fast gleichzeitig. Helmut Klee, der sich ein kleines Fernglas besorgt hatte, sah plötzlich Fred Kreienboom auf dem Steg, wie er die Festmacher löste und sprang auf, was Manolo, Raul und Feliz alarmierte, die auf der Hafenmauer fast eingedöst waren. „Los!" rief Helmut Klee und wollte auf den Steg rennen, aber ein stämmiger Wachmann hielt ihn fest. „Wo wollen sie hin, welches Boot", wollte der Wächter sagen, aber Manolo, der dicht auf Klee folgte packte ihn und warf ihn einfach ins Wasser. Sie liefen den Steg entlang aber als sie die Stelle erreichten, wo eben noch die „Kondor" gelegen hatte, drehte Fred Kreienboom schon mit Vollgas in Richtung Hafeneinfahrt ab. „Mist, verdammter!" schrie Klee und sein Blick fiel auf einen Motorkreuzer, auf dem ein älteres Paar interessiert dem Geschehen auf dem Steg zusah. Blitzschnell kletterte Klee an Bord, gefolgt von Manolo und den beiden anderen. Klee kannte sich mit Motorbooten aus und sah, dass der Schlüssel nicht steckte. „Schlüssel!" herrschte er den dicken Bootsbesitzer an und als der nicht sofort reagierte, drehte er ihm den Arm um. Die Frau kreischte und Manolo gab ihr eine Ohrfeige. Der Mann zog den Schlüssel aus der Hosentasche und Manolo jagte die beiden von Bord und warf die Leinen los, während Helmut Klee den

Motor startete. In diesem Moment langten die drei Guardia Civil Männer auf dem Steg an, konnten aber nur noch zusehen, wie die gekaperte Motoryacht ablegte. Der dicke Bootsbesitzer klammerte sich an einen der Uniformierten und schrie ihn an, sein Boot zu verfolgen. Er machte sich los und befahl seinen Kollegen mit ihm zum Schnellboot zu laufen.

Bei Kreienbooms Appartement war die Polizeitruppe zu spät gekommen. Die Wohnungstür hing nun nur noch in einer Angel, was der Hauswart, der die Polizisten eingelassen hatte traurig betrachtete. „Er ist weg…" meldete der Einsatzführer an Moreno, dessen Trupp zur Festnahme Klees und der Gangster ebenfalls knapp zu spät gekommen war. Riedel erschien im Laufschritt beim Schnellboot und wurde erst auf Alices Einfluss hin an Bord gelassen. Die drei Guardia Civil Männer kamen an Bord und schrien ihrem Chef die Fakten zu, der sofort den Motor starten ließ und die Verfolgung der beiden Boote aufnahm. Erst als sie mit Blaulicht und beinahe schon mit Höchstgeschwindigkeit die Einfahrt passierten, dachte er an seine Passagiere, die sich jetzt… bei einem scharfen Einsatz, nicht hier auf seinem Boot befinden durften, aber es war zu spät, noch einmal anzulegen.

Moreno war verzweifelt. Was eigentlich ein leichter Zugriff hätte werden sollen, war nun gründlich aus den Fugen geraten. Nichts hatte geklappt. Er sah dem Schnellboot nach und fluchte alle Flüche, die er in seinem Leben je gelernt hatte…

Fred Kreienboom hatte natürlich keine Lichter gesetzt. Er hoffte, dass sich eine Wolke vor den aufkommenden Mond schieben würde, aber das blieb ihm wohl verwehrt. Strahlend hell und fast rund hob sich das verdammte Ding aus der See… Der Diesel lief auf Volllast, aber auch das gab der „Kondor", die ja eine Segelyacht war, nur kümmerliche sieben Knoten. Er sah sich um und bemerkte eine Motoryacht, die sich schnell näherte. Die Bugwelle sah aus, wie ein Knochen in der Schnauze eines Hundes und dann sah Fred noch etwas. Weit hinter der Motoryacht, fast noch am Hafen zuckte das Blaulicht eines Polizeibootes. Fred glaubte fest zu wissen, dass Helmut Klee sich auf dem Motorboot befand und ihm ans Leder wollte. Würde er Angesichts des Schnellbootes aufgeben? Sein Blick fiel auf die Signalpistole. Alles andere als eine adäquate Waffe, aber wenigstens etwas.

Es war so etwas, wie eine mathematische Aufgabe, um zu errechnen, wann die Auseinandersetzung beginnen würde. Die „Kondor" lief mit sieben Knoten, das Motorboot, ein mit zwei kräftigen Turbomotoren bestücktes Modell, mit fast dreißig und das Guardia Civil Boot mit ungefähr ebenso viel, hatte aber einen Rückstand von fast vier Meilen. Ferrol sah auf dem Radarschirm, dass das Motorboot die Segelyacht fast erreicht hatte. „Schneller…!" schrie er seinem Steuermann zu, der die Gashebel noch ein Stück über die rote Markierung hinaus drückte. „Maschinengewehr!" befahl Ferrol und zwei Männer der Besatzung holten ein 12,7mm Maschinengewehr und mehrere Munitionskisten aus der Waffenkammer und befestigten es auf der Lafette am Bug. Alice Kreutzer, Steinhaus, Ellen und Rolf hielten sich im Hintergrund, um nicht im Wege zu sein, aber Rolf Riedel, dem diese Art Aktionen vertraut waren, empfand es wie ein Rauschmittel, wieder in diese Aktion eingebunden zu sein und sei es auch nur als Zuschauer. Er kommentierte leise für die anderen drei, was sich seiner Meinung nach gleich abspielen würde…

Etwas knallte und Fred Kreienboom sah entgeistert auf das Loch im Plastik der Sitzbank neben ihm. Die schossen auf ihn! Er sah einen Mann am Bug des Motorbootes mit ausgestrecktem Arm stehen und sah das Mündungsfeuer der Pistole und spürte einen leichten Schlag an seinem Oberschenkel, als wenn ihn jemand getreten hätte, aber als er hinsah, breitete sich Blut... sein Blut über seinem Hosenbein aus. Zitternd nahm er die Signalpistole in die Hand, zielte auf die Motoryacht und drückte ab.

Helmut Klee am Steuer des Bootes sah entsetzt die gleißend helle Leuchtkugel genau, wie er meinte, auf sich zufliegen und riss das Steuer herum. Manolo auf dem Bug mit der Pistole in der Hand wurde von der plötzlichen Wendung überrascht, umgerissen und an die Reling gedrückt. Er versuchte sich festzuklammern, aber er fiel über Bord, ohne das es jemand sofort bemerkte. Er hatte keine Schwimmweste und konnte nicht gut schwimmen und das war es für Manolo.

Die Leuchtkugel schlug in das Zeltdach des Sonnenschutzes ein und setzt es in Brand und Helmut musste kurz das Ruder sich selbst überlassen. Er hastete nach unten, um vom Steuerstand in der Kabine weiter zu fahren, während Feliz, der sich mit dergleichen etwas auskannte, die Flammen an der Plane mit dem Feuerlöscher bekämpfte. Die Motoryacht war jetzt wieder ein Stückweit von der „Kondor" entfernt, aber Fred sah, dass sie wieder Kurs in seine Richtung nahm. Mit zittrigen Fingern lud er nach, wusste aber, dass das eben ein Sonntagsschuss gewesen war. An das Polizeiboot dachte er gar nicht mehr, aber es war da.

Ferrol starrte durch sein Nachtglas. Er sah das ausbrechende und wieder verlöschende Feuer auf der Motoryacht, die die Segelyacht fast gehabt hatte. Er dachte, dass Klee nun vielleicht aufgeben würde, aber das Motorboot beschleunigte wieder und drehte auf die „Kondor" zu. Er drückte auf das Armaturenbrett, als könnte er sein Schnellboot damit noch beschleunigen, aber es fehlten bestimmt immer noch zwei Meilen.

Helmut Klee wollte knapp hinter der Segelyacht vorbei fahren und befahl Raul und Feliz dabei auf den Mann am Ruder zu schießen. Er musste das mehrfach hinausschreien und mit Handbewegungen untermalen, denn sie schienen ihn nicht zu verstehen. Jetzt erst realisierte er das Fehlen Manolos, von dem nichts zu sehen war. „Scheiße…", dachte er. Nochmal und diesmal lauter schrie er „Scheiße!!!" als er das sich nähernde Schnellboot gewahrte, das er vorher nicht bemerkt hatte. Feliz wies mit ausgestreckter Hand darauf und brüllte „Policia!" Wütend sah er, dass Feliz und Raul ihre Pistolen über Bord warfen. Sie wollten nicht mit illegalen Schusswaffen „für diesen verrückten Deutschen" gefasst werden. Die Kondor war nur noch fünfzig Meter entfernt und Helmut Klee sah seinen Ex-Freund Kreienboom da stehen und die Signalpistole heben. Er riss das Steuer herum und die Leuchtkugel, die Fred in diesem Moment abschoss, raste ziellos übers Meer. Ein fürchterlicher Stoß riss Fred Kreienboom um, als der Bug des Motorbootes den Bug der „Kondor zertrümmerte. Die Segelyacht neigte sich auf die Seite und beschrieb einen Bogen bevor der Motor, wohl weil etwas im Motorraum gerissen war, ausging. Fred wollte aufstehen, konnte aber nicht. Er war mit fürchterlicher Gewalt mit dem Rücken auf die scharfe Kante der Backskiste geprallt, was einige Wirbel seines Rückrates zersplittern ließ. Eine riesige

Schmerzwelle schien ihn zu überfluten und er schrie und es wurde dunkel um ihn…

„Fuego" schrie Ferrol, der mit Entsetzen alles mit angesehen hatte. Er war sich nicht sicher, ob sie schon in Reichweite für das MG waren, aber versuchen musste er es. Die beiden Polizisten auf dem Bug wussten nicht genau, ob Ferrol von ihnen erwartete vor den Bug der scheinbar fliehenden Motoryacht zu schießen, oder gezielt und entschieden sich wegen des entsetzlichen Gesehenen für letzteres. Sie waren sehr wohl in Reichweite und die lange Garbe Leuchtspurmunition aus dem Maschinengewehr durchlöcherte den Rumpf, die Motoren, Helmut Klee und Raul. Schließlich auch die Tanks, die spektakulär explodierten. Teile des Bootes und Helmut Klee - schon tot-, sowie Feliz –noch lebend, aber blutend- wurden in die Luft geschleudert. Rolf Riedel rannte zu Ferrol und packte ihn an der Schulter. „I´m a Navy Seal. Set me off near the Sailing Boat!" schrie er und Ferrol verstand, was der Mann wollte. Er sei Kampfschwimmer, hatte er gesagt und wenn das stimmte… Vor denen hatte Ferrol Respekt.   Noch zweihundert Meter bis zur scheinbar sinkenden „Kondor" „Ok. I look after the Rest of that Motorboat. See if someone survived. Then I come back. Take Lifevests. Good Luck", (Ich seh nach dem Motorboot und bin gleich zurück. Nehmen sie Schwimmwesten mit. Viel Glück)

Riedel lief ans Heck. Ellen wollte ihn aufhalten, aber er schob sie beiseite. „Keine Zeit", zischte er. Das Schnellboot verlangsamte seine Fahrt, ein Mann von der Besatzung reichte Riedel ein paar Schwimmwesten, deren Gurte er sich um den Arm schlang und der ließ sich, als das Schnellboot die halb versunkene Segelyacht passierte, über Bord gleiten. Ferrol nahm sofort wieder Fahrt auf um den Explosionsort zu erreichen und Riedel schluckte eine Menge Wasser von der Heckwelle des Schnellbootes. Es waren nur etwa dreißig Meter, aber Riedel sah, dass sich in der kurzen Zeit die er brauchte um das Heck der „Kondor" zu erreichen, die Yacht im vorderen Bereich soweit untertauchte, dass wohl ihr Sinken unmittelbar bevorstand. „Hallo…" rief er, aber niemand antwortete. Zum Glück konnte er den unteren Relingdraht erreichen und zog sich hoch. Er warf die Schwimmwesten ins Cockpit und stand dann auf dem zunehmend schrägen Boden. Aus dem Inneren der Yacht drang das Geräusch eindringenden Wassers. Rolf Riedel nahm die Szene in Millisekunden in sich auf. Fred Kreienboom lag über der hinteren Backskiste, den Rücken unnatürlich durchgebogen. Blut…viel Blut auf seiner Hose und dem Cockpitboden. Er hatte die Augen geschlossen und schien Riedel nicht wahrzunehmen, aber als der ihn an den Schultern packte und seinen Namen rief, flatterten seine Augenlider und als sie sich öffneten sah Riedel, dass Freds Pupillen groß und blutunterlaufen waren. Das Boot knackte und knarrte und bewegte sich und Riedel wusste, dass nur noch Sekunden blieben. Er wollte Kreienboom anheben, aber der schrie, dann sagte er; kaum verständlich, „Mein Rücken ist kaputt… Ich will nicht als Krüppel leben…" Er hustete, dann sprach er weiter, aber so leise, dass Riedel sich dicht über ihn beugen musste. „Bitte…, lass mich mit dem Boot untergehen. Ein Seil, damit ich nicht aufschwimme… Das ist tiefes Wasser hier." Riedels Gedanken wirbelten. Die „Kondor" neigte sich – wohl zum letzten Mal- auf die Seite. Nein, auch er würde nicht als Krüppel leben wollen und verstand Kreienboom. Er wickelte die Großschot ein paarmal um die Beine des Verletzten und band sie am Fuß der Steuersäule fest. Fred sah ihm dabei zu. „Danke…", flüsterte er kaum hörbar. „Wo ist das Geld?" fragte Riedel und Fred öffnete noch

194

einmal die Augen. „Kommst du nicht mehr ran… Geht mit in tiefes Wasser…" Riedel wollte noch etwas sagen, aber das Heck hob sich jäh, als die Yacht mit dem Bug voran sank. Er stolperte und hatte Mühe nicht unter dem Relingdraht eingeklemmt zu werden. Dann schwamm er im Wasser und konnte im schwachen Mondlicht eine der Schwimmwesten erkennen. Es war das einzige, was noch an der Oberfläche schwamm, den die „Kondor" befand sich nun auf ihrer letzten Fahrt, die vierhundert Meter tiefer am Meeresboden enden würde.

Capitan Ferrol hatte die Seenotrettung und seine Dienststelle alarmiert und in Puerto Rico legte das Rettungsboot ab, während vom Marinestützpunkt ein Sikorsky SH60 Hubschrauber aufstieg. Das Schnellboot umkreiste langsam die Stelle, an der diverse Teile der explodierten Motoryacht in den Wellen schwammen. Die starken Scheinwerfer tauchten alles in ein scharfes weißes Licht, dass von den Wellen reflektiert wurde. So war es mehr ein Zufall, dass ein Mann der Besatzung Feliz entdeckte, der kurz vorm Ertrinken war und in letzter Verzweiflung noch einmal einen Arm gehoben hatte. Der Polizist sprang über Bord und konnte ihn retten. Nachdem beide wieder an Bord waren, erschien der Hubschrauber und Ferrol startete die Maschinen und steuerte die Stelle an, wo die Segelyacht gewesen war und er Riedel abgesetzt hatte. Die Yacht war nun vom Radar verschwunden, aber der Steuermann hatte die Position, bei der Riedel über Bord gesprungen war als GPS Fix festgehalten. Sie fanden ihn in einer

Schwimmweste und zogen ihn an Bord. Ferrol wendete wieder, nachdem Riedel auf die Frage nach Kreienboom nur den Kopf geschüttelt hatte und raste zu der Stelle zurück, wo der Hubschrauber kreiste.

Sie saßen um einen Tisch auf der Terrasse einer noch geöffneten Strandbar. Zunächst ziemlich schweigend und noch erschüttert von den Ereignissen der letzten Stunden, dann zunehmend aufgekratzt und mitteilungsbedürftig. Viele leere Gläser standen auf dem Tisch, denn die Bedienung räumte zwischendurch nicht ab. Rolf Riedel war kurz nach oben in sein Appartement gegangen, um sich umzuziehen. Er hatte auf dem Schnellboot einen Trainingsanzug von einem der Polizisten bekommen, nachdem er aus dem Wasser geholt worden war. Sein Handy, das er in seinen Jeans gehabt hatte, ging nicht mehr und Ellen lieh ihm ihres, damit er kurz Sunny anrufen konnte. Er erzählte ihr nichts, nur dass er sich melden wolle, weil sein Handy ins Meer gefallen wäre und er sie liebe… und das er morgen nach Hause kommen würde.

Alice Kreutzer, Arved Steinhaus, Ellen und Rolf konnten und wollten nicht schlafen gehen, als die Bar schloss. Der Barmann verkaufte ihnen ein paar Flaschen Wein und sie saßen bis zum frühen Morgen auf der Steinmauer am Hafen, ließen die Flaschen reihum gehen und erzählten aus ihrem Leben. Noch eine Zeitlang sahen sie draußen auf dem Meer das Aufblitzen von Scheinwerfern, denn nachdem Ferrol sie im Hafen abgesetzt hatte, lief das Schnellboot noch einmal zur Unfallstelle, um das Rettungsboot bei seiner Suche zu unterstützen. Ellen stand zwischendurch auf und telefonierte und kam erst zurück zu den anderen, als ihr Akku leer war…

Moreno hatte alles vorbereitet und sie konnten ihre Aussagen machen und die Protokolle unterschreiben. Sie packten ihre Sachen und fuhren zusammen in einem Taxi zum Flughafen. Alice, die die Tickets für ihren Rückflug besorgt hatte, war erstaunt gewesen, hatte aber Ellens Wunsch respektiert. Sie begleitete die anderen drei zum Flughafen, blieb aber vor der Sicherheitsschleuse stehen, nachdem sie sich – insbesondere von Riedel- verabschiedet hatte. Als Alice, Arved und Rolf verschwunden waren, drehte sie sich um und suchte sich einen Platz im Wartebereich der Ankunft und bestellte sich Kaffee und ihr Herz schlug aufgeregt, denn in nicht ganz zwei Stunden würde Mogen Elvgaards Maschine aus Kopenhagen landen...

Tja, liebe Leser. Das war es für den Augenblick. Ich hoffe, das Buch hat ihnen gefallen und sie warten geduldig auf das nächste Abenteuer von Ellen Hamann und Rolf Riedel. Ob gemeinsam oder jeweils allein... Ich weiß es noch nicht...

In der Zwischenzeit lesen sie vielleicht eines meiner anderen Bücher. Die Titel sind auf der nächsten Seite verzeichnet. Alle Bücher sind (auch als E-Book) im Fachhandel oder bei Amazon und anderen Versandhandeln erhältlich.

Die Ellen Hamann Bücher sind in ihrer Chronolgie:

Schöne Schwester Tod

Madonnengrab

Tiefes Wasser

Der Rolf Riedel Thriller:

Blutrache -Showdown Travemünde

Vielen Dank fürs Lesen

„Schöne Schwester Tod" Verlag BOD ISBN 9783746082318

„Madonnengrab"   Verlag BOD ISBN 9783732281268

„Blutrache"   Verlag BOD ISBN 9783738622980

Kurzgeschichten:

„Kriminelles Strandgut"   Verlag BOD ISBN 9783746093116

„Historisches Strandgut" Verlag BOD ISBN 9783746025407

Historische Seefahrer Romane

„Pedder Carstens –Kapitän des roten Adlers"

                        Verlag BOD ISBN 9783837022356

„Schiff ohne Heimat"   (Fortsetzung von Pedder Carstens)

                        Verlag BOD ISBN 9783842347922